ドイツ
プラハ
チェコ
スロバキア
ブラチスラヴァ
ブダペスト
ソルノック
ハンガリー
オラデア
クルージ・ナポカ
ルーマニア
ティミショアラ
ブラショフ
ブカレスト
ルセ
ブルガリア
ソフィア

はじめに

この物語は、一九九八年九月の中欧が舞台になっています。当時、私はドイツに滞在していました。そのため、ドイツ・マルクを基準にして物価の高低を判断していました。一マルクが、七十五円弱でした。マルクの下にペニヒがあり、百ペニヒが一マルクに相当します。

この他にも、話の中でいろんな国の通貨が出てきます。簡単に紹介しておきます。まずはブルガリアの通貨から。一マルクがおよそ千レヴァでした。ルーマニアの通貨はレイです。一マルク、約五千レイ。以下、ハンガリーの貨幣がフォリント。スロバキアとチェコは、それぞれスロバキア・コルナ、チェコ・コルナです。ブルガリアやルーマニアの貨幣と違って、これらの通貨のレートが私の記憶に残っていないのは、両替の時、大量の高額紙幣を渡されなかったため、衝撃を受けなかったからでしょう。

以上、通貨の説明など必要ないかと思いましたが、敢えて紹介しました。ユーロの出現により、やがて市場から消え行くドイツ・マルク、そしてペニヒのために。

元気の神様は誰の心の中にも、きっと存在するはずなのに、どうして自分にだけ微笑んでくれないのだろう。こんなふうに思うことってありませんか。

あなたにも元気の神様が微笑みますように。

二〇〇〇年秋　田中優希

目次

一　出発前夜

「ドイツ人はひどいねん。すぐ怒るし、自分の方が悪くても、絶対にそれを認めないし、頭が固くて、全然融通がきかないんだ」

「・・・・・・・・・・」

「小包が届かないって郵便局の人に言っても、『あと二週間待ってください』の一言で片付けられてしまうし、日本からSAL便で送ったのが二か月たっても来ないのに、『あと二週間待て』はないよ。ドイツ語が下手だし面倒だから、外国人の相手をするのが嫌なんだよ」

「・・・・・・・・・・」

「それに、今回の小包は速達で送ってくれたやつだよ。勝手に取り上げといて、『保管料をよこせ』はないよ。頭にきたから、『あなたには一ペニヒも払わない』って、手紙に書いて送ったんだ。日本に返送されたんだと思う。郵送料を請求してくるかもしれんけど、絶対に払ったらあかんで」

「・・・・・・・・・・」

「日本の郵便局の人に分かるように手紙を書くから、ドイツから請求書が来たら、その手紙を持って行って、請求書をドイツに突き返すように頼んでみて。とにかく、悪いのはドイツ人なんだから、絶対に郵送料を払ったらあかんで」

「・・・・・・・・・」

「もしかしたら、小包、捨てられてるかもしれへんな」

「・・・・・・・・・」

「悪いことする外国人が多くてうんざりしてるのは分かるけど、ドイツに住んでると、ドイツ人が嫌いになる」

優希はドイツ人に対する不満を母に訴えていた。母は黙っていた。外国で嫌な目にあっている息子のことを思うと、言葉が出ないのだ。

「早目に切り上げて帰ってきたらいいのに」

受話器から、元気のない小さな声が聞こえてきた。この一言で、優希の興奮は跡形もなく消えた。

「うん、でも、もうちょっとだから、頑張ってみるよ」

優希はゆっくりと受話器を置いた。ひどく自己嫌悪に陥っていた。生きていると、言うべきことよりも言わないでおくべきことの方が多い。ドイツ人に対する不満を話せば、親に余計な心配をかけてしまうのは明らかだ。

—やっぱり、言わない方がよかったかもしれないな—

優希はため息をついた。

外国に住んでいると、届くべき小包がなかなか配達されなくて気をもむことが珍しくない。優希はかなりいらついていた。小包が行方不明になっているのならともかく、母が無理して速達で送ってくれた小包は、とっくにドイツに到着していた。ドイツ人に取り上げられてしまい、毎日首を長くして待っているのに、受け取ることができないでいたのである。

日本からドイツに小包を送る場合、普通、三通りの方法が考えられる。航空便、船便、それからSAL便と呼ばれる中間便の三つである。一番得なのはSAL便だ。航空便よりも料金が安いのだが、運がよければ航空便と同じ日数でドイツまで郵送される。母が日本から何か送ってくれる時も、優希が日本へ小包を郵送する時も、基本的にＳＡＬ便を利用していた。

三週間ほど前、母が小包を送ってくれた。文庫本やカップヌードルなどを送ってくれたのだ。中でも一番大切だったのは頭痛薬だった。十歳を過ぎた頃から、優希は偏頭痛に悩まされるようになっていた。頭痛に襲われた時の彼の苦しみ方は尋常ではなかった。脳に腫瘍でもできてしまったのではないかと心配になるほどだった。優希は色々な薬を試してみた。その結果、『イヴ』という薬が自分に一番合っていることを発見した。この薬は彼にとって欠かせない常備薬である。ドイツに来る時も、彼はイヴを二箱持参し、薬に頼り過ぎないよう気をつけながら呑んできた。それでも薬は残り少なくなっていた。それを知っていた母は、航空便よりも確実に早く着くはずの速達で郵送してくれた。料金は口にしなかったが、高かったのは言うまでもない。

母が高い料金を払って速達にしたのには、他にも理由があった。ドイツの郵便に対する不信感があったからだ。これまでにSAL便で送った小包が、一か月過ぎても届かないことが何度かあった。その度に優希は郵便局へ問い合わせに行ったのだが、まともに取り合ってくれたことが一度もなかったのだ。だから小包が届かない時には、いつも母が日本の郵便局へ行き、日本の中央郵便局からドイツの中央郵便局に問い合わせてもらうよう頼んでいた。小包はドイツのどこかにあるはずなのに、こんな手間をかけていたのだ。小包がドイツの税関でほったらかしにされていたことが明らかになった時、優希は本気でドイツ人に腹を立てたものである。

小包は一週間もたたないうちにドイツに到着した。速達だったので郵便局ではなく、速達会社に渡された。ドイツでは分業になっているようだ。ところが、この速達会社は小包を直ちに配達してはくれなかった。

母が小包を郵送した一週間後、優希のもとへ届いたのは一枚の通知だった。その通知には次のように記されていた。

「小包の中身を詳しく説明して下さい。小包は倉庫に保管してありますが、一週間以内に届け出がない場合は差出人に返送されます。また、あなたは倉庫保管料を払わなくてはいけません。保管料はどんどん加算されることになっています」

この通知を読んだ優希は、宛名ラベルに記入する中身の説明が不十分だったのだろうと思った。母にはドイツ語の知識がない。和独辞典を使っても、ドイツ語で小包の内容を説明するのは難しい。仕方がないのだ。優希は母に電話をかけて小包の中に何が入っているのか確認し、速達会社宛に手紙を書いた。

「この小包は母が私に送ってくれたものです。商売に使うものではありません。すぐにこちらへ配達してください。中身は以下のとおりです」

どの国でも同じかもしれないが、ドイツでは、誰のもとに渡るかによって小包の運命が大きく左右される。ケルスターバッハという町にある速達会社で働いていたのは、融通のきかない、悪魔のような人間だった。小包の中に頭痛薬と風邪薬が入っていたのが気に入らなかったようだ。薬には税が課せられるのかもしれない。手紙を送った四日後、優希のもとへ再び通知が届いた。

「医薬品をドイツに輸入する場合、ドイツ語の処方箋と、薬局の注文書が必要です。直ちに提出してください。なお、小包がこちらに保管されている間は、保管料が加算されていきます」

頭痛薬と風邪薬を母に送ってもらったのが、そんなにもいけなかったのだろうか。一体どうすれば、日本の薬局で買った薬のためにドイツ語の処方箋と薬局の注文書を提出できるというのだろう。ドイツの薬局に行ったところで、薬が手元にないのだから相手にさえしてもらえないのは明らかだ。そうかと言って、日本の田舎の薬局がドイツ語の処方箋と注文書を作れるとは考えられない。そもそも注文したわけではない。ドイツ人にはこういうことが分からないのだろうか。

―どうしてドイツ人はこうなんだよ！―

優希は猛烈に怒っていた。どうしても許せなかった。少しでも早く届くようにと速達で送ってくれた母の親心が踏みにじられたからだ。優希はもう一度手紙を書いた。今度の手紙には憎しみが込められていた。

「日本では、頭痛薬や風邪薬を買うのに処方箋など必要ないのです。それに、これらの薬は薬局に注文したのではなく、母が買ってくれたものです。全ての国がドイツと同じ社会システムになっているのではないということを忘れないでください。薬を私に渡せないのなら、薬だけ日本に返送し、その他のものは直ちに私の所へ配達してください。ずっと待っているのです。それから、保管料など一ペニヒも払いません。どうしても払えとおっしゃるのなら、小包を日本に返送してください。もう一度送り直すよう、母に頼みます。ドイツ人の不親切には、本当に失望しています」

頭に血がのぼっている時に書いた手紙は、すぐに投函してはいけない。そのような手紙がいい結果をもたらすことはない。優希のもとへは、それ以来小包も不当な要求も届かなかった。気の短いドイツ人が、あの手紙を読んで平気でいることはあり得ない。優希は一人でいらいらしていた。そんな時に母から電話がかかってきたのだ。小包が届いたという連絡が優希から来ないので心配したのである。

優希には、本当の意味での友達が身近な所にいなかった。だから、余計な心配をさせてしまうと分かっていながら、母にグチをこぼしてしまったのである。

それから六週間ほど過ぎた頃、再び母から電話がかかってきた。受話器から聞こえてくる母の声は弱々しかった。

「今日、小包が戻ってきたんだけどね・・・」

「どうしたん?」

「中がグチャグチャになってたのよ」

「・・・・・・・・・・」

優希は言葉が出なかった。予想はしていたけれど、こんなにひどいことをするとは考えられなかったのだ。

「きれいに拭いて送り直したんだけどね、カレー味のカップヌードルだったから、本もカセットテープもカレーの匂いがするかもしれない。ごめんね」

「それで、ドイツ人、返送料とか要求してきた?」

「うん、一万円ぐらい」

「…………」

「でも郵便局の人は、『返送料は取らないことになっていますから』って言ってたわ。だから、お金は払わなくてもよかった」

「ぼくが送った手紙、郵便局の人に見せたの?」

「ええ。窓口の人も驚いてたみたい」

「ふうん」

「今度はSAL便で送ったし、あなたのアドバイス通りに、薬って正直に書かないで、キャンディーって書いたから大丈夫よ」

「そうだといいね」

母が送り直してくれた小包は、それから十日後に届いた。箱を開けてみると、カレーの匂いが漂ってきた。本にうっすらと残っている黄色い染みが、入念に拭き取ってくれている母の姿を想像させた。カセットテープのケースにはヒビが入っていた。優希は悲しい気持ちになった。

「外国人でいるのは、やっぱりつらいよ」

リュックの中に着替えを詰めながら、優希はつぶやいた。彼は明日、ソフィアに向けて飛び立つ。ボン大学の夏休みは、まだ一か月以上残っている。長い休暇を利用して東欧旅行に出るわけだ。

二年前の秋から、優希はボン大学に在籍している。日本の大学をすでに卒業している彼は、本当なら就職していなければいけない年齢なのだが、アルバイトをして貯めたお金で留学している。やりたい仕事が見つからなかったし、何をやりたいのかさえ分からなかったから、外国に逃げ出してきたのだ。

ドイツで暮らしてみて分かったことがある。それは、いくら環境を変えても、自分が変わらなければ何も変わらない、ということだ。

今の優希は、日本にいた頃と基本的に何も変わっていない。人づき合いがどうしようもなく下手で、いつも一人で行動している。一人の方が落ち着くと強がってはみるけれど、誰よりも人恋しい自分を意識せずにはいられないのだ。生活する場所が変われば、周囲にいる人達の顔触れも変わる。しかし、自分の人柄が変わらないかぎり、結局は同じような環境になってしまう。

孤独に打ちのめされ、どうしようもなくなったら、優希は旅に出る。一時的ではあるけれど、現実からの逃避を試みるのだ。いろんな悩みごとや慢性的な憂鬱から逃れ、自分の思うように歩いてみる。そうすると、知らないうちに元気が出てくる。

「明日はブルガリアか。楽しみだ」

出発の用意は整った。優希は電気を消し、ベッドの上に寝転がった。

しかし、どんなに時間が経過しても、興奮が治まらなかった。

外は激しい雨。それでも、明朝にはやんでいそうな気がするから不思議だ。

今夜は眠れそうにないけれど、気にすることはない。

旅に出る前はいつもこうなのだ。

二　旅の始まり

ソフィアの夜は意外にも静かだった。交通量の多い大通りから少し離れているせいかもしれないけれど、安堵感をもたらしてくれるはずの騒音さえ聞こえてこない。どこからかテレビの音がかすかに流れてくるだけだ。

これまでジャンボジェットにしか乗ったことのなかった優希にとって、マジャール航空の小さな旅客機は新鮮だった。階段を上って機内に乗り込んだのもはじめてである。まるで専用機にさっそうと乗り込むスターになったような気分だ。

機内での楽しみと言えば、機内食とスチュワーデスだろう。それなのにブダペストへ向かう飛行機のスチュワーデスは、中年のおばさんだった。優希はちょっとがっかりした。男というのは、そういう生き物である。

朝食のメニューは、パン、コーヒー、ハム、チーズ、ヨーグルト、レタス、バターだった。優希は空腹が満たされたので、ほっとして窓の外へ目をやった。一時間半でブダペストに到着するため、食事はないかもしれないなと思っていたからだ。

飛行機に乗ったのは、ドイツのケルン・ボン空港である。ケルンとボンの中間にある。ボン中央駅から空港行きのバスに乗る。ボン大学の学生は学生証を呈示すれば、ボン、ケルン周辺を運行している公共の乗り物に乗り放題なのだけれど、この空港行きのバスには若干の料金を払わなくてはいけない。それは、まあ、大した問題ではないのだが、ブダペスト経由でソフィアへ飛び、ブルガリア、ルーマニア、ハンガリー、スロバキア、チェコを列車で回って再びドイツに戻るのが、旅の大まかな内容だ。生きて帰ることができればいいがと思っている。

ブダペストの空港はイマイチだった。一応、免税店はあるけれども、品物が少ない。建物自体が小さいので、ひどく退屈する。それはともかくとして、空港の掃除婦が白いワンピースを着ていた。生地が薄いため、下着が透けて見える。下着も制服の一部なのだろうかと疑ってしまうほどだ。おばちゃんにこんな格好をさせてもいいのだろうか。そう言えば、スチュワーデスの制服は地味だった。ハンガリー人の趣味は、理解に苦しむ。

約三時間待たされたあと、再び小型飛行機に乗り、最初の目的地であるソフィアへ向かった。今回はスチュワーデスの年齢が下がり、なぜかほっとする。離陸前にシートベルトなどの説明があるのだが、放送に合わせて彼女たちがするパントマイムを見ていても心地がよい。やはり、スチュワーデスは若くなくてはいけない。年齢制限を下げてみてはどうだろう。

陽気な女性パーサーは困ったものである。いきなり、

「コニチワ！」

と話しかけてきて、優希が少し苦笑すると、

「やった！　やっぱり日本人よ！　あたった！　ヤッホーッ！」

と大喜びする。ソフィアに着いた時も調子に乗って、

「サヨナラ！」

と言ってきた。ちょっと気にいらなかったから無視してやろうかとも思ったが、それではかわいそうなので、優希は、

「再見《ツァイチェン》！」

と言った。中国語が返ってくるとは夢にも思っていなかったのか、女性パーサーはきょ

とんとしていた。

何となく愉快な気持ちで、優希はブルガリアでの第一歩を踏みしめた。

ブダペストからソフィアまでは、記録上は二時間十分かかる。しかし一時間の時差があるため、事実上は一時間十分である。ソフィアに到着し、時計の針を一時間進ませていると、一時間損したような、飛行機に乗っている時間が短縮されて得したような、複雑な気分になる。

ソフィア空港はおそろしく小さい。駐機場にバルカン航空のオンボロ飛行機が並んでいなかったら、とても一国の首都にある国際空港には見えない。手荷物が出てくる所も一つしかないので、自分の荷物がどこから出てくるのかを探す必要もない。

見覚えのあるリュックが出てくると、とりあえず一安心である。入国審査所は、すぐ目の前にある。優希は右端の窓口に並んだ。窓口の中にいたのは、ショートカットの若い女性だった。無言でパスポートを受け取り、ビザを確認した。驚いたことに、確認が終わったあと、彼女はにっこりと微笑みかけてくれた。ブルガリアは旧社会主義国なので、着いたとたん、このような可愛い笑顔に会えるとは思ってもみなかった。この瞬間、優希はブルガリア人に対して、この上なくいい印象を持った。

入国審査所を出て左に曲がると、観光案内所が見つかった。薄汚れた窓に、

「日本人を狙った犯罪が多発しています。人からもらったものを食べたりしないようにしてください」

と日本語で書かれた紙が貼ってある。背負っているリュックが少しずつ重くなっていくようだった。心細くなってきた。

「ハロー！」

優希が窓の前で立ちすくんでいると、誰も頼んでいないのに、係の中年女性が嬉しそうに出てきた。商店街の商売上手なおばちゃんみたいだ。彼女は、

「部屋を探しているんでしょ？」

と言い、優希の右手を取って中に招き入れた。有無を言わせぬ強引さである。

「あ、あのう・・・」

「どうしたの？　あなた、部屋を探しているんでしょ」

「え、ええ」

「じゃあ、なんなの？　何を聞きたいの？」

「あのう、ドイツ語、話せますか？　ぼく、英語はちょっと苦手なんです」

「まあ！　あなた、日本人じゃないの？」

「日本人ですけど」

「ドイツ語話す日本人なんてはじめてよ。わかったわ。私もドイツ語の方が得意だから、ちょうどいいわ」

なまりのきついドイツ語で、彼女はあれこれと話し始めた。口を動かしながら、手もちゃんと動かしている。薄茶色に汚れたノートをペラペラとめくっている。ホテルやプライベートルームのリストが書き込まれているようだ。キリル文字だった。ブルガリア語はロシア語と似ている。どちらの言語も学んだことのない人には区別ができないはずだ。

「あなた、どんな部屋に泊まりたいの？」

陽気な笑顔で、彼女は優希の顔を見た。

「えーと、安くて、電車の駅からも町の中心からも近くて、きれいで広くて・・・」

「わがままね」

顔は笑ったままだったが、そんな部屋あるわけないでしょと、笑っていない目が怒っていた。それでも適当な部屋が見つかったらしく、受話器を取って、どこかへ電話をかけ始めた。優希はまだ、その部屋でいいとは言っていない。

彼女はおしゃべりだ。十分たっても電話が終わらない。部屋が空いているかどうか聞けば、それで済むはずなのに、何をぺちゃくちゃ話しているのだろう。ブルガリア語だから優希には何も分からなかった。

「いい部屋が見つかったわよ。あなた、運がいいわ」

受話器を荒っぽく置いた彼女は、不安そうに見つめている優希の顔をちらりと見た。

「あなた、地図もってる？」

「はい」

優希は『地球の歩き方』をバッグの中から取り出し、ソフィアの地図が載っているページを広げて見せた。『地球の歩き方』に載っている地図は、概してあまり正確でない。観光案内のおばちゃんは、しばらく地図を眺めていた。顔をしかめている。

「これじゃあ、だめだわ」

「どうしてですか？」

「ちょっと、ここで待ってて」

彼女は優希の質問に答える間もなく、せかせかと部屋を出ていった。地図を買いに売店へ行ったのである。あとで地図代を払わされるのは目に見えていた。おばちゃんはキリル文字ではなく、英語のアルファベットで書かれている地図を買って戻ってきた。

彼女は、日本人の優希にキリル文字を読むという芸当などできるはずがないと思い込んでいるようだ。だが、それは浅はかな考えというものだ。優希は出発する約一か月前からロシア語を一人で学んでいたのである。一年後、シベリア鉄道を利用して、ユーラシア大陸を放浪しながら日本に帰ろうと計画しているからだ。キリル文字ぐらい、目をつぶってたって読める。いや、目を閉じていたら読めないか。

おせっかいな彼女は、買ったばかりの地図を机の上に広げた。ぱりぱりという紙の音が地図の新しさを表している。紙の匂いが鼻の中を通っていく。優希は彼女の早業に声が出なかった。彼女は右手に青インクのボールペンを持ち、説明を始めた。

「いい、よく聞いてるのよ。あなたがこれから行くのは、シャローヴァさんの家よ」

「は、はい」

と答えながらも、優希は心の中で、

―いつの間に決まったんや?―

と、不平をもらしていた。まだ値段を聞いていないのが気がかりだった。このまま彼女の術中にはまって行っていいのか。まあ、いい。高かったら、お金を払う前に、

「そんなに高い部屋は嫌だ!」

と言ってやろう。

「だったら、自分で部屋を探しなさい!」

と反撃されたら困ってしまうけど、そうなったら作戦を変更すればいい。

優希が何を考えているのか知らない彼女は、どんどん調子づいていくようだった。わら半紙のような紙切れに住所と名前を書き込み、ボールペンの先で地図を指しながら行き方を説明する。はっきり言って、よく分からなかった。言葉というものは、多すぎても少なすぎてもいけない。彼女はしゃべりすぎた。

「それで、値段はいくらですか?」

これ以上聞いていても大して変わらないと思った優希は、一番気になっていたことを口にした。すると彼女は計算機を取り出し、何やら計算し始めた。

「十五ドルね」

「すみません、ぼくは今、マルクしか持ってないんです。マルクで払うとしたら、いくらになりますか?」

彼女は再び計算機を素早く操った。

「三十マルクよ」

単に二倍しているだけではないか。それなのに、どうして計算機など使ったのだろう。それよりも、一ドル二マルクという相場はどこからきているのか。一ドルは、およそ一マルク七十ペニヒである。マルクで払うと損をする計算になる。

「三十マルクですか・・・」

ちょっと高いなと思っている優希の心中を察したのか、おばちゃんは用意してあったかのように言葉を続けた。

「紹介手数料と地図代が含まれているのよ。それに、この部屋はとってもいいのよ」

少し不満だったが、翌朝、ソフィアから移動する予定の優希には、だだをこねている時間がなかった。早く観光を始めなくてはならないのである。時刻はすでに午後四時を過ぎようとしていた。優希はお金を払い、案内所から出た。まんまと罠にはまったようで悔しかったが、仕方ない。

観光案内所から出ると左隣りに両替所がある。優希は六十マルクを渡した。すると、高額紙幣の札束が戻ってきた。とてつもなく得をし、金持ちになったような錯覚に陥る。

——これが成金の気分というものなのか——

貧乏性の優希は、大慌てで札束を財布の中にねじ込んだ。

部屋の予約は取れたものの、それからが大変だった。分かりにくいのである。市内へ向かうバスの停留所を見つけるのでさえ、それほど容易なことではない。それでも、先ほどのおばちゃんの説明を思い出しながらバス停へと歩いていると、厚かましそうなタクシー運転手たちが声をかけてきた。

「ヘイ、ヤポーネ！　タクシー？」

その馴れ馴れしい物言いが気にいらない。「ヤポーネ」と聞こえたが、これは日本人という意味だろう。

「おい、そこの日本人！　タクシーはどうだい？」

というわけか。

「悪いけど、ぼくは金持ちの日本人じゃない」

優希は、ややむっとして答えた。英語を使った。するとハイエナたちは、それっきり何も言わなかった。

バス停の手前まできた時、一人の若くてきれいな女性が英語で話しかけてきた。

「何か困ったことでもおありですか?」

一体、どういうつもりだろう。貧しい東欧にありがちな夜のお相手だろうか。それとも優希がいかにも危なっかしいので、心配してくれたのだろうか。彼女の優しそうな瞳を見て、優希は後者だと判断した。

「ありがとう。今のところ、ぼくが困っていることと言えば、ブルガリア語を話せないことぐらいです」

すると彼女は、少しほっとしたように微笑んだ。彼女の青く澄んだ瞳が、頼りなげな優希に元気を与えた。英語をうまく話せない二人は、その後、お互いに一言も言葉を交わさなかった。優希は切符売り場へ向かった。

およそ五分後、市内へ向かうバスがやってきた。超オンボロバスだった。エンジンの音がやかましい。定年前のくたびれ果てた中年バスといったところだろうか。

そのバスはドイツ製だった。『出口』とか『禁煙』と、ドイツ語で書かれたシールが貼り付けられていた。しかしこんなバスは、現在、ドイツでは走っていない。ドイツでお役御免になった一世代昔のバスである。安く売ってもらったか、寄付してもらったかして、ブルガリアにやってきたのだろう。中年バスではなく、老年バスだった。

正しいバスに乗り、降りる停留所がはっきりしていても、それでも安心できないのがソフィアである。空港前のバス停はバス停だと分かったが、町の中心に入るまでは、

――これがバス停なのか！――

という感じだった。車内放送など、もちろんない。運転手は口笛を吹きながら、老年バスをがんがん飛ばしている。ラジオからノスタルジックな音楽が流れているが、エンジンの音が悲鳴のように響いてくる。

十分ほど経過し、優希は徐々に弱気になってきた。周りの乗客にドイツ語と英語で話しかけてみても、首をかしげられてしまう。このままでは乗り過ごしてしまいそうだ。する

と優希がいかにも困っているような顔をしていたのか、一人の青年が流暢な英語で話しかけてきた。聞けば、彼はオーストラリア人で、イギリスに留学中だと言う。『マークス』というありがちな名前だった。

ソフィア訪問歴二回という強力スケットを得た優希は、再び元気を取り戻した。わざと困ったような顔をして、マークスの同情を引く作戦に出た。彼は行き先が違うにもかかわらず優希と同じ停留所で下車し、バス、トラムの乗り方から、夜の治安の悪さ、物価、インフレの状況まで、色々と教えてくれた。ただ、彼が最も力を入れて、繰り返し強調した言葉は、

「ブルガリアの女はいい」

だった。天気がよくて暖かいからかもしれないが、ここの若い女性たちはスカートの丈が短い。

―はは一ん、そういうわけか―

彼がどうしてこの国に魅力を感じているのか、優希は全て呑み込めた。

「今夜、ディスコに行くんだけど、君もどうだい？」

と誘ってくれた理由もよく分かった。

「ありがとう。でも、ぼくは踊るのが苦手だからやめとくよ」

と、優希は断ったのだが、マークスがディスコに行く目的は、必ずしも踊るためではなさそうだった。

二人はレストランに寄り、ビールを一杯ずつ飲んだ。実をいうと優希は少し頭が痛かったのだが、マークスには色々と世話になったので、付き合うことにしたのである。一杯、千五百レヴァ。数字が大きいからビビッてしまうが、百円ほどである。マークスの話によると、これでも高い方だという。貧乏人のための物価である。

よく冷えたビールを飲みながらくつろいでいると、マークスが超ミニの青いワンピースを着ているウェイトレス嬢の方を指さした。チャイナドレスのようで、色っぽい。よく見ると、背中のファスナーが全開だった。日に焼けた小麦色の肌が輝いている。驚いている優希にマークスは、

「あれは、わざとやってるんだ」

と言い、グラスに半分ほど残っていたビールを一気に飲み干した。ゴクゴクという喉の音がいやらしい。

―昼間から何考えてんだ、この男は―

と思いながら、優希もビールを飲み干した。一気飲みは日本の大学にいた頃さんざんやらされたので、何の苦もない。

マークスは優希のビール代も払ってくれようとした。しかし彼はいろんなことを教えてくれたので、逆に優希がおごることにした。貧しいため人におごるような柄ではないが、優希は気前よく高額紙幣を美女に手渡した。頭の中で、

―これは、小額紙幣なんだ―

と、呪文のように繰り返し唱えながら。余計なことを考えていたせいかもしれないが、優希はウェイトレス嬢にチップをあげるのを忘れた。ついでに断っておくけれど、優希たちがビールを飲んだそのレストランは、決して怪しい店ではない。ウェイトレス嬢があまり

にも色っぽいため誤解を招くかもしれないので、念のために。

マークスと別れたあと、急に優希は心細くなってきた。トラムの停留所までやってきたものの、乗車券を売っているような店が見あたらない。悩んでいても仕方がないので、優希はヒマワリの種を売っているおっちゃんに、地図を見せながら、ここへ行きたいと、英語で話しかけてみた。その日焼けしたおっちゃんは、優希にはさっぱり分からないブルガリア語で、あれこれと教えてくれた。それなのに、どうしてかは謎であるが、おっちゃんの説明が何となく分かったような気がしてきた。別れ際に優希が、

「ジャージャ、スパシーバ！」

と、ロシア語で礼を言うと、おっちゃんは満足そうにうなずいた。『ジャージャ』というのは、『おっちゃん』という意味だ。このおっちゃんは、『ジャージャ』と呼ぶのがぴったりのような気がした。根拠はないが、優希にはそう思えた。どう思っていたのか分からないけれど、おっちゃんは陽気な笑顔で手を振ってくれた。さらにブルガリア語で何か言っ

てくれていたが、もちろん、優希には何も分からなかった。

こうして優希は、東欧旅行初日の宿にたどり着いた。

シャローヴァさんの家はマンションの三階にあった。表情のないコンクリート建てだった。白いドアに表札が付いていていた。

―シャローヴィ、ここだ！―

ブルガリア語の名詞は、ロシア語と同じような変化をするのだろう。家主のおばちゃんがシャローヴァさん、旦那さんがシャローフ氏、家族になると複数形で、シャローヴィ家になるのだろう。そんなことを考えながら、優希はインターホンを押した。

家主のおばちゃんは、結構、英語がうまい。明日の目的地であるヴェリコ・タルノボへ行く列車の乗車券を買える旅行会社の場所など、役に立つ情報を提供してくれた。あてがわれた部屋も、広くて快適だ。シャワーが壊れていたり、持参のトイレットペーパーを使わなくてはならなかったりだが、贅沢は言い出したら切りがない。

荷物を部屋に置くと、早速、切符を買いに行った。当日に駅で乗車券を買う場合は、ブルガリアやルーマニアでは、なぜか発車時刻の二時間ほど前にならないと売ってもらえないと、旅行ガイドに書いてあったからである。しかも、しばしば待たされると言う。ブルガリア語を話せない優希にとって、これは不安材料である。

前売券を買える旅行会社は、巨大な人民文化宮殿の一階にある。この建物はユーゼン公園にある。公園では、たくさんのソフィア市民がインライン・スケートやバドミントンなどをして遊んでいた。本物のお金を賭けてトランプのようなカードゲームをしている少年たちもいる。よく見ると、紙のお金ではないか。これを見て、大人たちは何も言わないのだろうか。

ヴェリコ・タルノボ行きの乗車券は、優希の金銭感覚から言えば、意外に高かった。ビール四杯分だった。それでも旅行会社に片言のドイツ語を話せる人がいたので、予想以上にうまく次の目的地までの切符を買うことができ、ほっと一安心した。

安心したので、優希は早速、観光を始めた。案外開けているなというのが、彼の正直な感想だった。マクドナルド、ピザハット、ドーナツ屋など、ファーストフードの店もちゃんとあった。西側の店だから建てられて間がないのか、どれも新しくて初々しい。夕食には、サンドイッチ屋に入った。きちんと教育されているのか、もともと愛想がいいのか分からないけれども、日本のマクドナルドのようにスマイル0円という、ドイツではほとんど見られない光景が心を和ませる。見慣れない日本人の優希が、難解なキリル文字で書いてあるメニューを声に出して読んだだけで、店の女の子たちはにこにこしていて、とても楽しそうだ。かわいい。しかも値段が安い。八十円ほどで、あったかい紅茶と、ボリュームたっぷりのサンドイッチが、優希のおなかも和ませる。明日は、ブルガリア・ヨーグルトを食べてみよう。

建物、道路、信号機などの老朽化を考慮に入れれば、この国にお金があまりないことが分かる。かつてはきらきらと輝いていたと思われる、アレクサンドル・ネフスキー寺院の外観を見ていると、悲しい気持ちになってくる。首都でさえこのような状態なのだから、田舎の人々は、きっとわびしい生活環境を強いられているに違いないと想像するのは、世間知らずの優希にでも、たやすいことだった。

それでもさすが首都と言っていいのか、活気がある。華やかな通りもあり、たくさんの人で賑わっている。少なくとも日中には、暗い影がさしているということはあまりない。ぶらぶらと歩いているうちに、土産品の出店が並んでいる場所に行き着いた。優希はバラのエッセンスの入った木製の小びんを二つ買った。バラはブルガリアの特産物である。毎年六月にはバラ祭が行われ、とても素敵だという。

ただ、道路の横断には十分な注意を要する。「ピーッ、ピーッ!」というクラクションの音が絶えず響き渡っている。怒声も聞こえてくる。マナーの悪い運転手が多いし、信号を無視して横断する歩行者も多い。見ていて、実に危なっかしい。故障しているのか、永久に青に変わらない信号機もある。真面目な優希も、この時ばかりは信号無視をしないわけにはいかなかった。

暗くなってきたので宿に戻ると、家主のおばちゃんが、明朝の列車の発車時刻を聞いてきた。列車が出る一時間前には駅に着くようにしなさいと助言してくれた。はじめてのブルガリアで分からないことが多いだろうから、時間に余裕をもって行動した方がいいと考えたのだろう。気の利くおばちゃんだ。

一日の汗を洗い落とすため、シャワーを浴びることにした。すでに気づいていたが、このシャワーは壊れている。固いホースからドボドボと流れてくる温水で、優希は髪と身体を洗った。やや不便ではあったが、お湯が出てきたことに、素直に感謝した。今日の彼は今までにないほど謙虚だ。

身体を洗ってさっぱりすると、旅の記録を残しておくため、優希は日記をつけ始めた。面白いことがいっぱいあったので、書きながら思い出し笑いをしてしまう。こんな時に家主のおばちゃんが部屋の中に入ってきたら、優希のことを危ない奴だと誤解し、警戒し始めるに違いない。

時間が過ぎるのも忘れ、今日あったことを回想したり、明日訪れるヴェリコ・タルノボの街並みを胸に描いたりした。夜のネオン街で遊び歩くということに全く関心がなく、お金もない優希には、このように過ごす夜が至福の時なのである。これを寂しいと思うかどうかは、人によるだろう。

いつの間にか外は、すっかり暗くなっていた。カーテンを閉めようと、優希は窓のところへ行った。街灯の黄色い光が、弱々しく歩道を照らしていた。とかく感傷的な気分に浸りがちな優希は、その薄暗い明かりを眺めながら、いつしか物思いに耽り始めていた。優希はテーブルに戻り、日記帳に詩を書き込んだ。詩などと呼べるものではないかもしれないが、思いつくままに言葉を並べた。

『君を思う夜』

街灯の黄色い光が心もとない
こんな夜には
そっと君の笑顔を思い出す
思い出せば思い出すほど

どんどん寂しくなっていく
誰よりも遠い君を思う
こんな夜には
毛布の中でかたく目を閉じる
忘れようとすればするほど
どんどん眠れなくなっていく
君を思う夜
ひとりぼっちの夜

詩を書き終え、日記帳を閉じると同時に、優希は苦笑した。ため息をついた。一体いつになったら大人になれるのか。優希は明かりを消し、毛布の中にもぐりこんだ。こんな夜は大抵、なかなか寝つけない。

―明日も朝が早いから、ちゃんと寝ないとな―

毛布の中で丸くなり、優希はぎゅっと両目を閉じた。前夜一睡もできず、疲れがたまっていたせいか、この夜は寝つくことができた。

カーテンの隙間から街灯の明かりが差し込んでいたかどうか、優希は知らない。ブルガリアでの最初の夜は、優希を静かに包み込んでいた。

安らかな夢の世界へと導いていた。

三　旅人よ

東欧旅行二日目の朝は雨だった。水しぶきを上げながら走る自動車の音で、優希は目覚めた。ソファ・ベッドから跳び起きて窓に駆けよった彼の目に映ったのは、上から叩きつけるように降る雨だった。

―マジかよ・・・―

ソフィア八時三十分発の列車に乗るため、優希は七時二十分頃に宿を出た。別れ際にシャローヴァさんが、

「ごめんね、天気が悪くて」

と、申し訳なさそうに言ってくれた。旅を始めたばかりなのに天候に恵まれない不運な優希に、心から同情しているようだった。

「ありがとう。ぼくは不幸に慣れてるから、平気です」

優希は笑顔で宿をあとにした。

―ここに泊まってよかったな。観光案内のおばちゃんにも、感謝しないといけないかもしれないな―

ソフィアは道路の状態が悪い。それが露骨に現れるのが、今日みたいに雨が降っている日である。歩道は水たまりだらけだ。どんなに気をつけて歩いていても、靴の中が徐々に濡れてくる。それに優希の靴は安物なので、逆立ちでもして歩かないかぎり、靴を水から守ることはできない。

駅に向かって歩いていると、バチッ、バチッという激しい音が耳につく。ガタガタ、ギーギーと音をたてながら走るトラム、トロリーバスが火花を飛び散らしているのである。雨のせいだというのは分かるが、それにしても見ていてかわいそうだった。乗客がではなく、乗り物の方が。

昨夜、家主のおばちゃんが、発車の一時間前には駅にいた方がいいと助言してくれた。全くその通りだった。列車はすぐに見つかったが、車両に番号が書かれていないので、優希は自分が乗る三号車を見つけるのに苦労した。列車がどちらの方向に進むのか分からないし、言葉が通じないからである。ブルガリア人たちは、どうして分かるのだろう。不思議だ。

とりあえず列車に乗り込み、座席を探すことにした。乗車券に記入されている車両番号や座席番号を見せ、おとなしそうな人を選んで聞いてみる。いい加減な人が多く、あっちへ行ったり、こっちへ行ったりしなくてはならなかった。それでも十分後、なんとか席を見つけ、ゆっくりと腰を下ろした。優希の風貌が珍しいのか、同じコンパートメントにいた乗客たちの視線が、優希一人に集中した。何か悪いことをしてしまったような、居心地の悪い気分をいやというほど味わった。

それでも優希はホームへ来る前に売店で買ったパンを取り出し、朝食を始めた。安くて大きいのを選んだ彼が愚かだった。とんでもない代物だった。甘い揚げパンかと思っていたのに、そのパンは外側が油でべとべとしていて、内側は味がなく、ぱさぱさのスポンジみたいだった。空腹を癒さなくてはならないという使命感だけが、優希にそのパンと戦う気力を与えてくれた。そのパンがいかにおいしいかを知っている他の乗客たちは同情した表情を浮かべ、優希が朝食をとる様子を横目で盗み見していた。

「食べるの、手伝ってあげようか」

と申し出る人はいなかった。

バス、トラム、トロリーバスに負けず、列車もボロくて汚れていた。ブルガリアでは新しい服を着て公共の乗り物を利用してはいけないことが分かった。優希の席は窓側だったのだが、きちんと閉まらない窓の隙間から雨粒が入ってきた。

―マジかよ。傘をさしてやろうかな―

と思わずにはいられないほどだった。優希のジーンズはじわじわと濡れていった。

やがて発車時刻になり、優希たちを乗せた夢の列車は、ガタン、ガタンと音をたてながらゆっくりと走り始めた。文字通り、ゆっくりと。その列車はブカレスト行きの準急、つまり国際列車だったのだが、各駅停車の鈍行列車並みの走りっぷりだった。時の流れがゆっくりとしたものに思われてくる。

ソフィアを出発して二時間ほど経過した頃、雨がやんでくれた。空の青もどんどん濃くなっていく。雨漏りで濡れてしまったジーンズも、そのうち乾いてくれるだろう。優希の顔は、無意識のうちにほころんだ。向かいに座っていたおばあちゃんは、優希の嬉しそうな顔を見て、よかったねと、優しそうにうなずいていた。

ぼんやりと外の景色を眺めていると、無心に草を食べている一頭の乳牛が優希の目に飛び込んできた。その牛は線路から二メートルほど離れたところに立っていた。鎖などでつながれてはおらず、放し飼いのようだった。危ないではないか。その乳牛は優希の心配をよそに、すぐそばを走り抜ける巨大なヘビを気にもとめず、のんびりと草を食べ続けていた。なんていう奴だ。

この列車は、ヴェリコ・タルノボを通らない。一度、乗り換えなくてはならないのだ。ゴルナ・オリヤホビッツァという、外国語マニアの優希でさえ何度も繰り返して練習しなければ、すんなりと口から出てこない名前の駅で乗り換えなくてはならないのである。優希は列車が止まるたびに、

「ゴルナ・オリヤホビッツァ？」

と、周りの乗客に尋ねてみた。また、ソフィア空港で売りつけられた地図のブルガリア

全土図を見せて、通じないだろうと半分以上あきらめていても、英語で現在地を聞いてみたりもする。

優希が広げた地図を最初にのぞきこんだおばちゃんは、英語のアルファベットの文字を見て、顔をくもらせた。キリル文字しか読めないようだ。

—変な地図売りつけやがって—

優希は、観光案内所の、あのおばちゃんを密かに罵った。

ところが、優希の真向かいに座っているおばあちゃんがインテリだった。

「ちょっと見せて」

と、英語で話しかけてきた。そのインテリおばあちゃんは、優希に現在地を教えてくれたあと、

「私もそこで乗り換えるから、安心しなさい」

と言い、優しく微笑んだ。優希の不安は、夕立後の雨雲のように、急いでどこかに立ち去っていった。

ところでブルガリア人には、おかしな習性がある。列車が次の駅に到着する三十分も前から、狭い通路に出て待っているのである。意外とせっかちだ。列車のドアも、停車する二分前には開いている。危ないなあ。コンパートメントの自分の席に座って待っていればいいのに、どうしてだろう。トイレに行く時、邪魔になってしょうがない。

そう言う優希も、ゴルナ・オリャホビッツァに到着する二十分ほど前、インテリおばあちゃんの後ろについて席を立った。郷に入っては郷に従え、というわけだ。

ブルガリア人には、鉄道旅行の際、もう一つ変わった特徴がある。列車が駅に到着すると、必ずと言っていいほど、コンパートメント、あるいは通路の窓を豪快に開き、窓から身を乗り出して外の空気を身体一杯に吸うのである。列車を乗り換え、ヴェリコ・タルノボ行きの、乗客の少ない列車に乗っている時には、優希も真似をして、上半身を外の空気に触れさせた。いい気分だ。

ヴェリコ・タルノボは、ブルガリアへ旅行に行く人が必ず訪れる有名な町である。それなのにここの駅は、誰も知らない地味な町のようにちっぽけで、うっかりしていると通り過ぎてしまいそうである。優希は危うく下車し遅れるところだった。のんびりと窓から顔を出している場合ではない。

日頃の善行が報われたのか、ヴェリコ・タルノボに着いた優希を迎えたのは、澄み渡るような青い空だった。ジーンズも、ぱりぱりに乾いていた。長袖の服を着ていると、少し汗ばんでしまうほど暖かかった。荷物をいっぱい詰め込んでいるリュックの重みも、あまり苦にならない。

駅は町の中心から少し離れたところにある。はじめて訪れた人が交通費をけちって歩くのは、やめておいた方がいい。優希はバス停を探した。駅を出て左手に、山奥にありそうなバス停らしき場所を発見した。タクシーの運ちゃんたちがしきりに誘惑してくるが、バス停に向けてまっすぐに歩いた。

バス停には、行き先や時刻表を書いた紙が見つからなかった。優希は駅前の売店に引き返し、パンと水を買うついでに、先ほど発見したバス停が本物のバス停なのかどうか尋ねてみた。その結果、うらさびれてはいるが、あそこで待っていれば、市内へ行くバスに乗れることが明らかになった。

優希は少し安心して、パンをほおばりながらバスが来るのを待った。喉を通っていく冷たい水が、優希を幸せにする。

ヴェリコ・タルノボは旅行者泣かせの町である。丘あり谷ありの立体的な構造になっている上に、通りの名前を示すプレートがほとんどなくて、ものすごく分かりにくい。しかもこの町に住んでいる人でさえ通りの名前をよく知らないから、奇跡的に外国語を話せる人と出会えても現在地を教えてもらえないことがあるのだ。本屋に入って購入した、やたらと値段の高い地図も、あまり役に立たない。慣れると感覚だけでうまく行動できるようになるが、宿を見つけるまでは苦労した。

そうして苦労してたどり着いた宿が、オルビタという、ブルガリアのユースホステルである。六ドルほどだった。マルクで払うと損をすることをソフィアで学んでいた優希は、ブルガリアのお金で支払った。着実に賢くなっているわけである。

安いのはいいけれども、この学生用ホステルはボロすぎる。ドアのカギを開けるのにハイテクニックが必要だし、窓ガラスにはヒビが入っている。トイレはアラブ式だ。トイレットペーパーは、もちろん置いていない。三つあるうちの二つは水が流れず、残りの唯一水が流れるトイレのドアは壊れていて、ちゃんと閉まらない。シャワーも壊れている。頭上から、一直線に温水が流れてくる。

我慢強い優希も、弱音を吐きたくなってくる。

—冗談きついよ—

天気がいいのだから、弱音を吐いてばかりもいられない。バッグの中にカメラと水を放り込み、左手に地図をもって外に飛び出した。強い日差しが、貧血気味の優希の目には、まぶしすぎるほどだった。

ヴェリコ・タルノボは、大変きれいな町である。赤茶色の屋根が中心的な色になっている。屋根裏部屋を作れることからも分かるように、ヨーロッパの家は屋根の傾斜が日本よりも急になっていることが多い。ところが、ここの屋根は平べったい。ドイツの建物を見慣れた優希の目には、とても新鮮だった。この独特な家が丘の頂上、あるいは中腹に、寄り添い合うように集まっている景色は、訪れた人々を魅了する。

丘と丘との間をぬうように、川が蛇行して流れているのもいい。地図からは想像できないほど立体感を感じさせる構造になっている。その上、ギリシャのように遺跡まである。ツァレヴェッツと呼ばれる第二王国時代の宮殿跡を散策するのが、優希がブルガリアにやってきた一番の理由である。ソフィアで世話になったマークスとは違う。部屋を出た優希が向かった行き先は、もちろんツァレヴェッツだった。

遺跡なので、かつての宮殿を思わせるような建物は残っていない。丘の頂上に建っている大主教区教会が唯一のちゃんとした建物である。しかしその丘に向けて、石造りの道がややらせん状に伸びている。さらに石造りの門が数メートルおきに建てられており、この宮殿跡の威厳を保つのに一役買っている。どことなく万里の長城のような感じもする。もっともこの道は短くて、一里ほどしかない。

大主教区教会の中に入ると、管理人らしきお姉さんがサービスしてくれ、ブルガリア正教の音楽を流してくれた。

「ダー、ダダダー、ダダダー♪　ダー、ダダダー、ダダダー♪」

という感じの暗いメロディーが、宗教を理解できない優希の気分を沈ませる。空が灰色の分厚い雲に覆われている日に聴けば、死んでしまいたくなるような旋律だった。優希は慌てて外へ逃げ出した。

ツァレヴェッツはブルガリアの宝である。世界中から観光客を集め、外貨を入手するのに大きく貢献しているからだ。修復工事が猛スピードで進められていた。建物を修復するだけでなく、様々な植物で遺跡を改造しようとしていた。数年後には公園のようになるかもしれない。よく日に焼けたおっちゃん、おばちゃん達が、世間話をしながら賑やかに仕事をしていた。優希がそばを通りかかると、陽気な笑顔で話しかけてくるおっちゃんも少なくない。ブルガリア語だから優希には何も分からなかったが、彼らの仕事ぶりを見ていると楽しくなってくる。ブルガリア語を話すことができるのなら、井戸端会議に加わりたい気分にさせる雰囲気だ。

ツァレヴェッツの敷地内を歩き回ったあと、優希は再び町の中心に戻った。舗装状態の悪い道路が複雑に入り組んでいる。あちこちで工事が進められている。歩いていると、ぶらぶらと放浪している小型の犬が目につく。栄養失調気味の痩せた犬が多く、飼われているのかいないのか、見分けがつきにくい。人間に向かって吠えるような、野蛮な犬はいない。どれもおとなしい。見ていると、やるせない気持ちになってくる。ブルガリア正教の音楽を聴いた時に受けたダメージが、まだ抜けていないのかもしれない。目を閉じると、あの暗いメロディーが遠くから聞こえてくる。

夕食には、少し贅沢をしてレストランに入った。ポークステーキ、フライドポテト、パン、ビールで、約四百円。ステーキは焼きすぎており、カチカチ、パサパサだった。もう二度と来るのはよそうと思わせるレストランだった。昨日のサンドイッチ屋が恋しい。ビールは二百五十レヴァだった。ソフィアの素敵なウェイトレス嬢がいた、あのレストランで飲んだビールの六分の一である。マークスが、

「ここは他の店よりも高い」

と言っていたが、本当だったわけである。やはり、あのレストランは怪しい店だったのだろうか。その方面ではてんで知識の足りない優希には、よく分からない。

満足のできる夕食をとれなかった優希は、お菓子とファンタを買って宿に戻った。水道のように温水が落ちてくるシャワーで、とりあえずさっぱりしたあと、例によって日記をつけたり、手紙を書いたりして夜を過ごした。まず日記をつけ、それから手紙を書く。そうすると手紙の内容が豊かになる。

旅先で手紙を書いていると、優希は幸せな気持ちになる。自分にも手紙を出す相手がいるという幸運を改めて実感するからだ。周りの人達とうまく接することができず、一人でいることの多い彼にとって、これは大きな喜びと言っていい。

日記をつけながら、今後の予定を考えた。これまでの予定では、この町に二泊することになっていた。それでも考えているうちに、ルーマニアとの国境の手前にある町、ルセを訪れるのも悪くないなと思うようになってきた。その方が明後日ブカレストへ行く時に便利だし、一つでも多くの町を訪れるのもいいではないか。計画というのは、変更されるために立てられるようなものである。予定は未定だ。

—よし、明日はルセだ—

優希は、早目に床に就いた。


ブルガリアで迎える二度目の朝、ひび割れた窓ガラスをつき抜けるようにして差し込む日光が、超ド近眼の優希の目を刺激する。まだ寝たいよと、だだをこねる両目をこすりながら、優希はベッドから起き上がった。

前日に買っておいたファンタとお菓子で軽い朝食を済ませると、となりのビルの一階にある旅行会社に行った。ルセ行きの乗車券を買うためである。ドアを開けて中に入ると、優希は一番手前のテーブルに座っている女性に、

「イスカム　ダ　オチダ　ルセ」

と言ってみた。無謀にも、ブルガリア語会話に挑戦したわけである。

「ルセに行きたいのですが」

と言ったつもりである。幸か不幸か、優希のブルガリア語が通じたらしく、彼女はブルガリア語で何か返事をしてくれた。もちろん、優希にはちんぷんかんぷんだ。優希はブルガリア語会話を断念し、英会話を申し出た。

「すみません、英語を話せますか？」

「ネ」

ブルガリア語が冷たく返ってきた。「ノー」という意味である。それでも、優希はめげなかった。今度はドイツ語会話を申し出る。

「ドイツ語は？」

「ネ」

これ以上ないほど簡潔な言葉が返ってくる。しばらくの間、沈黙が続いた。重苦しい空気だ。優希は再び覚えたてのブルガリア語を声に出した。

「イスカム　ダ　オチダ　ルセ」

ルセへ行きたいという優希の気持ちは十分に伝わったようだ。彼女はコンピューターのキーを叩き始めた。

言葉があまり通じなくても、なんとか意思の疎通を計れることもある。ここでは、列車の乗車券を販売していないのである。それでも彼女は列車の発車時刻を二つ、紙に書いてくれ、先に発車する列車の時刻をボールペンの先で指しながら、

「ポスカポ、ポスカポ」

と言った。こっちの列車は値段が高いと教えてくれたのである。急行列車なのだろう。彼女に英語で礼を言い、優希は部屋に戻った。この時はまだ、「ありがとう」という意味のブルガリア語を覚えていなかったのである。

部屋に戻って荷造りを済ませると、すぐにホステルを出た。言葉の通じない国では、早目に行動を始めるにかぎる。しかし、それでもうまくいかないのがブルガリアだと思い知らされるのは、それから数十分後のことだった。

バスに乗って列車の駅まで行くのは、それほど難しいことではない。外国語の苦手なブ

ルガリア人にも、英語かドイツ語を話せる人がいる。そういう人に尋ねれば、鉄道の駅がどの方向にあるのかさっぱり分からなくても、バス停に何の案内も見あたらなくても、正しいバスに乗ることができる。十分すぎるほどの時間的余裕をもって、優希は駅までやってきた。

優希は高いと言われた急行列車に乗るつもりだった。切符を売る窓口のおばちゃんに得意のブルガリア語で、

「イスカム　ダ　オチダ　ルセ！」

と、元気よく注文した。このブルガリア語が通じることはすでに実証済みなので、自信満々だった。ところが彼女は小さな紙切れに次の次の列車の発車時刻を書いて、それを優希に見せた。一体どうしてなのだろう。首をかしげている優希に彼女は、さらにその時刻の一時間前の数字を書いて見せた。どうやらその時刻になるまで切符を売らない、と言いたいようだ。これは嫌がらせか。

するとその時、背後から日本語が聞こえてきた。

「日本人の方ですよね?」

ふり向くと、優希とほぼ同年齢の日本人青年が立っていた。その無精ひげをはやした旅人に、優希は疑問を打ち明けた。

「ええ。このおばちゃん、どうして切符売ってくれないのか、知ってますか?」

「ぼくもよく分からないんですけど、たぶん、次の列車は来ないんだと思います。今日は平日なのに、どうしてなんでしょうね?」

逆に問い返されてしまった。

「さあ、どうしてでしょう?」

優希は彼の横に並んで、古ぼけた長椅子に腰を下ろした。次の次の列車が来るのは、二時間以上先だった。

「ぼく、もう三十分も前から、ここで待ってるんですよ」

無精ひげの旅人は、優希にグチをこぼし始めた。話し相手が欲しかったようだ。その気持ち、痛いほど分かる。

「それじゃあ、最終的に三時間待たされることになりますね」

無神経な優希の口からは、余計に落ち込ませてしまうような言葉しか出てこなかった。そう言う優希だって、二時間半も待たされることになっているのだ。

「…………」

「…………」

ブルガリアの鉄道に打ちのめされた二人の日本人青年にとって、空気がいっぱい入っているボールのように会話を弾ませることは不可能に近かった。それでも、たった一人でいるよりは気が楽だったようで、旅の情報交換をしながら、ひたすら切符を売ってもらえる時間を待った。

「そう言えば、九月十四日から、チェコはビザがいらなくなりましたよね」

ありがたい情報を、優希は旅人に話した。当然彼も、このことを知っているだろうと思っていた。ところが旅人は、

「えっ、本当ですか!? ぼく、チェコのビザ、日本で取ってきましたよ！」

と言って、チェコのビザがついているパスポートを優希に見せた。悔しそうな顔をしている。それを見た優希は、

―勝ったな―

と思った。しかし彼が優勢でいられたのは、ここまでだった。

ブルガリアの時計は止まっていなかった。なんとか発車予定時刻の一時間前になった。窓口のおばちゃんが、こっちへいらっしゃいと、二人を手招きしている。

「あっ、おばちゃんが呼んでますよ。切符、売ってもらえるみたいですね」

旅人は、となりでがっくりと肩を落としている優希に声をかけ、窓口へ駆けよった。優希も旅人のあとに続いた。すると駅員のおばちゃんは紙切れに値段を書いて、二人に見せてくれた。こうして彼らは、ヴェリコ・タルノボから脱出する幻の乗車券を購入することに成功した。

それでも、あと一時間待たなくてはならないという事実が、彼らの気分を重くさせてい

た。さらに、その発車時刻を二十分過ぎても列車が姿を見せないという駄目押しが、彼らをこてんぱんにやっつけた。

結局、発車予定時刻の三十分後、二人の旅人をルセへと運ぶ列車がやってきた。列車に乗り込んだ彼らの顔にも、ようやく安堵の笑みが広がった。

「このあと、どこへ行くんですか？」

気が楽になった優希は、無精ひげの旅人に質問した。

「ルセで乗り換えて、ブカレストまで行こうと思っています。でも・・・」

旅人の顔が、ややくもった。きれ長の目に鋭さがない。

「でも、どうしたんですか？」

「ルーマニアのビザ、取ってきてないんですよ」

「えっ？」

なんて強引な奴だ。ビザも持たないで、列車での国境越えをしようというのか。必要ないチェコのビザは取ってきたのにどうしてなんだ。ドイツでルーマニアのビザを取ってきた優希は余裕だったが、旅人のことが少し心配になってきた。

「大丈夫なんですか？」

「わかりません。とりあえずルーマニアに入ってみて、ブルガリアに強制送還されたら、飛行機でブダペストに飛んでしまおうと思っています」

なるほど、そういう手があったか。感心している優希の顔を見て、旅人は自信ありげに付け加えた。

「ぼくは旅に慣れてますから」

「・・・・・・・・・・・・」

悔しいが、優希は旅に慣れていなかった。


三時間待った末、ようやく乗ることのできた列車だったが、その列車の乗務員たちの行動は、優希の理解できる範囲を越えていた。三十分遅れてやってきたのに、遅れを取り戻そうという意識が全く見られない。ガイドブックに載っていない名もなき村、いや、名前ぐらいはあるかもしれないが、そのような小さな村で三十分も停車するのはどうしてなのか。しかも列車から降りて、買物に行くではないか。もしかして昼休みの時間なのか。のんびりと歩いている彼らの姿を発見した優希は、彼らを指さして、

「ちょっと、あれ見て下さいよ！　車掌さんたち、どっかに行っちゃいましたよ！」

と、旅人に訴えた。すると旅人は、

「このままじゃあ、今日中にブカレストに着けないかもしれない。まいったな」

と、一応ぼやきはしたが、その野生的な顔には、まだ余裕が残っているようだった。

—こいつ、すげえなあ—

一刻も早くルセに到着して、観光を始めたいとあせっていた優希は、素直に自分の敗北を認めなくてはならなかった。優希に最も足りないのは、こういう精神的ゆとりだということは以前から自覚してはいたが、改めて思い知らされた。

列車の走行速度と停車時間、それから旅人の精神的強靭さに打ちのめされた優希には、前日のような呑気さがなくなっていた。列車が三十分停車している間に、窓から顔を出して

り着いた。

爽快な気分を味わうのを忘れるほどだった。それでも、なんとか国境の町、ルセまでたど

対照的な二人の若者は、ルセの駅で列車から降りた。ホームで握手を交わした。

「それじゃあ、お互いに生きて家まで帰りましょう」

風邪気味だという旅人だが、彼には体調が悪くても冗談を言う余裕があった。

「ルーマニアのビザ、取れるといいですね」

もうすぐ自分も国境を越えるのかと思うと、それだけで少し緊張してしまう優希には、真面目な言葉しか出てこなかった。

旅人はブカレスト行きの切符を買いに行った。優希は駅をあとにし、ガイドブックに掲載されているリストの中で一番安く泊まれるホテルへと足を進ませた。駅前で、

「チェンジ、チェンジ」

と、闇両替を申し出てくるおっちゃんの声も、あまり耳に入らなかった。旅に出る前は、闇両替のおっちゃんの手品師的早技を実際に見てやろうと思っていたのだが、この時の優

希は、そんな気分ではなかった。

九月中旬にさしかかった町の賑やかな通りでは、栗の木がたくさんの実をつけ、枝を重そうにしならせていた。優希は、頭上から落下してくるイガイガに衝突しないよう気をつけながら歩いた。

水彩絵の具で塗りつぶしたように青い空が、ルセの町を包んでいた。

四　闇の列車

川沿いにある町は美しい。ルセは、ウィーンやブダペストのように、ドイツから延々と流れてくるドナウ川の恩恵を受けて開けた町である。ドナウ川は黒海へ流れていく。終着駅は近い。対岸に見えるのは、ルーマニアだ。ここまで来ればルーマニアは、もう、すぐ目の前である。ところが鉄道で向かうルーマニアは途方もなく遠い。地図からは決して読み取ることのできない時間的距離が、ブルガリアとルーマニアの国境にはあるのだ。トルコ人、ブルガリア人、ルーマニア人を甘く見てはいけない。そのことに気づくまで、優希はルセの町で、ブルガリアでの束の間の思い出を楽しんでいた。

その日、偶然にも何かの催しがあった。市庁舎のような建物の前にある広場は、大勢のルセ市民でいっぱいだった。人ごみをかき分けてステージの見えるところまで行くと、民族衣装を着た少年少女が、リズミカルな音楽に合わせて踊っていた。飛び跳ねるようなダンスだった。踊っている子供たちの顔にも、見ている大人たちの顔にも、楽しそうな笑顔が広がっていた。優希も楽しい気分になってきた。列車の旅による疲れが、少しずつ取れていくようだった。

ルセは、結構、開けている。さすが国境の町と言うべきか。町のいたるところで修復工事が進行中なので、現在は今一つといった感じだが、あと数年すればオシャレな街になりそうな雰囲気がある。

この町では、念願のブルガリア・ヨーグルトを味わった。日本で売られている『明治ブルガリア・ヨーグルト』のようなニセモノではなく、本物のブルガリア・ヨーグルトだ。おいしいに決まっている。ヨーグルトをベースにしたサラダは、酸味が少なくて口あたりもよく、優希をグルメの世界へといざなう。その上、貧乏な優希にでも、お手頃な値段である。ただし、スーパーで売られているカップに入ったヨーグルトには、注意が必要だ。ほとんどがドイツからの輸入品である。ドイツのヨーグルトだっておいしいが、それではブルガリアに来た意味がない。

わずか三日間という短い滞在ではあったけれども、この国は優希を優しく迎え入れ、そして送り出してくれようとしていた。ブルガリアでの最後の夜、優希はほどよく疲れた身体をベッドに横たえ、いい気分で床に就いた。

ルーマニアも、きっといい国だろうと思っていた。

試練の一日が始まった。少しでも早くブカレストへ行こうと、ホテルを早朝に出発したにもかかわらず、列車に乗って移動している時間より待っている時間の方がはるかに長いというありさまだ。まず、列車の本数である。八時にルセ駅へ到着してみると、十一時までブカレスト行きの列車がないではないか。しかも九時にならないと、切符さえ売ってもらえない。

「また三時間かよ」

と、ぼやいている優希に、悪知恵の働きそうなタクシー・ドライバーが、

「兄ちゃん、タクシーだと、待たなくてもいいんだよ」

と、おいしい話を持ちかけてきた。

「俺に任せとけ」

とまで言う。しかし男の顔を見ていると、話に乗ってみる気がしない。待つことにした。

変な所で降ろされ、脅されたら大変だ。しつこく誘惑してくる運ちゃんに、優希は、

「ほっといてくれ」

と、冷たく言葉を返した。音の硬いドイツ語が効果的に響いた。白タク野郎は、ちっと舌打ちをすると、むっとした顔で去っていった。優希はため息をついた。

―泣かぬなら、泣くまで待とう、ホトトギス―

と、くだらないことを考えてみても、優希の顔には苦笑さえ浮かばなかった。

駅の待合室でただ座っているのは退屈である。優希は重いリュックを背負い、街に出かけた。すでにこの町の方向感覚はつかんでいたので、迷うこともなかった。小さい町だから、地図も必要ない。

ブルガリアのお金が余るともったいない。そこで、スーパーに入ってみることにした。駅で乗車券の値段を聞いていたので、どれだけ財布の中に残しておけばいいのかは頭に入っていた。そのスーパーは物の少なさが目立った。品物も買物客も少ないのに、なぜかレジのおばちゃんが二人もいた。

―この店、長くないだろうな―

彼女たちがこんな嫌な予感を耳にしたら、頭にきて優希を袋だたきにするだろう。優希は水とポテトチップスを買い、黙ってスーパーをあとにした。

他の店で、朝食にパンと豆乳を買った。コーヒー牛乳だと思って購入した、そのブルガリア豆乳は、甘ったるくて胃にもたれた。旅人の敵だ。ブルガリア人は、かなりタフな胃腸を備えているようだ。パンもイマイチだった。ブルガリアのパンは工夫というものがほとんど施されてなく、あまり食欲をそそらないのだが、見た感じ通りの味がする。正確に言えば、味がしないのだ。これからの成長を期待する。

九時半頃、とりあえず切符だけでも買っておこうと思い、再び駅に戻ってみると、十一時発の列車が十二時四十分発になっていた。掲示板の前で、優希は途方にくれた。百分も遅くなっている。どうしてなんだ。これで四時間四十分待たされることになった。優希は納得がいかないので、駅員の中で唯一ドイツ語を話せるおばちゃんに尋ねた。

「すみません、十一時発だった列車、どうなったんですか?」

するとそのおばちゃんは、

「ブカレスト行きの列車は、いつも遅れるのよ」

と、表情を変えることもなく答えた。

「百分ぐらい遅れるのはあたりまえ」

と言いたいようだった。優希は膝から崩れ落ちそうになったが、それでもまだ、くじけずにがんばった。

「いつも遅れるんだったら、どうして時刻表を変えないんですか?」

「ちゃんと来る時も、たまにはあるのよ」

「…………」

優希は待合室へ向かった。駅員にやつあたりしてみたところで、何の役にも立たない。重いリュックを背負って待合室へ向かっていると、先ほどの白タク野郎が現れ、

「だから、俺に任せとけって言っただろ」

と、勝ち誇ったような顔をして言った。優希の不幸を楽しんでいるような顔だ。優希は

男を無視した。お前なんかのタクシーには絶対に乗ってやるものかと思ったら、男の態度に腹が立たなかった。

薄暗い待合室の中では、三時間後に発車する予定の列車を待っている人達が、臭気の漂う長椅子に寝転がっていた。部屋の中は薄暗く、不気味な雰囲気が充満していた。この待合室の中へ入るのには、旅に慣れていない彼には勇気が必要だった。

—そうだ！　切符を買っておかなくては！—

優希は待合室の入口で百八十度、方向転換し、国際線の乗車券を売る窓口へ向かった。窓口の前には、誰も並んでいなかった。

「イスカム　ダ　オチダ　ブカレスト」

優希は得意のブルガリア語を使った。この言葉にある呪文のような響きが気にいっていたのだ。

「パスポルト」

ブルガリア語が返ってきたが、これは外来語なので、優希にも分かる。列車に乗るためには気が遠くなるほど膨大な待ち時間が必要だが、五分で切符を購入できた。

―ぼくのブルガリア語も、だいぶ上達したよな―

自分で自分を慰めてみても、優希が置かれている状況は変わらない。列車は急いでくれないのだから。


永遠に続くかと思われた待ち時間も、なんとか残り二十分ほどになった。優希は待合室を出た。財布の中に、ブルガリアのお金がまだ残っていた。そこで、売店に行ってハンバーガーのようなものを買った。お金が少し足りないことに気づいたのは、店のおっちゃんが電子レンジで温めてくれている時だった。

「すみません。お金が少し足りないので、そのハンバーガーは買えません」

優希はドイツ語で正直に謝った。お金を手のひらの上に広げて見せた。すると、そのおっちゃんは、

「いいよ、もってけ」

と乱暴な言葉を返し、優希の手からお金を取り、代わりに温めたばかりのハンバーガーを載せてくれた。日に焼けた茶色い顔に、不器用な笑顔が浮かんでいる。

―ブルガリア人は、やっぱり優しい―

と、感動した瞬間だった。だが、その直後、

―そうか、この手があったか―

と、せこい作戦を思いついた優希は、旅を続けている間に、少しずつすれてきているのかもしれない。

ぱさぱさで味のしないハンバーガーをほおばりながらホームに上がってみると、列車の行き先を示しているはずの掲示板に、「イスタンブール発」と、ブルガリア語で表示されていた。幸い、ロシア語と同じ前置詞だったので、優希には理解できた。イスタンブール発ブカレスト行きの列車が、このホームに入ってくるという意味だ。でも、こんな紛らわしい書き方をしていると、言葉のさっぱり分からない外国人旅行者が、イスタンブール行きの列車が来るのかと勘違いしてしまうではないか。

―なに考えてんだよ―

このままブルガリアから去ってしまうのは、何となく惜しい気分だった。もう少し滞在して、ブルガリア人を観察したいと思った。

十二時三十分、ようやく列車が到着した。紺色の汚い列車だった。優希は一瞬ひるんだが中に乗り込み、誰もいないコンパートメントを見つけ、安心して腰を下ろした。ところが数分後、悪夢が始まった。闇商人の一団が、一人しかいないコンパートメントに目をつけたのである。窓を開けて、次から次へと品物を放り込んでくる。優希がたった一人で座っていたコンパートメントは、あっという間に闇商品の倉庫に変身した。足の踏み場もないほど、闇商品でぱんぱんにふくれているカバンが積み込まれた。優希は、まるで別世界に迷い込んでしまったように不安な気持ちになってきた。

発車予定時刻の十二時四十分がすぎた。しかし、列車が動き出す気配はない。すでに百分も遅れているのに、どうして急がないのか。闇商人たちが荷物を積み込むために待っているとしか、優希には考えられなかった。

「こんなの、嫌だよ」

汗をかきながら荷物を積み込んでいる闇商人たちの様子を眺めながら、優希は誰にも通じない日本語で弱音を吐いた。

これ以上ないほど心細い気持ちで発車を待っていると、ブルガリアの係官がパスポートコントロールにやってきた。ブルガリアから出ていく奴に用はないので、何の問題もなかった。出国スタンプをカシャンと押して、すぐに立ち去った。

優希がいるコンパートメントを占領した闇商人たちのパスポートには、『ルーマニア』と記されていた。

―こいつら、ルーマニア人だったのか―

ソフィア空港でブルガリア人に抱いた第一印象は最高だったが、この時、国境を越える列車の中でルーマニア人に抱いた第一印象は最悪だった。

彼らは驚くほどガサツだった。優希のとなりに腰を下ろしたおばちゃんは、断りもしないで優希の袖を軽くめくって腕時計を見たりする。何という厚かましさだ。言葉が通じないからだというのは分かるが、それにしても、礼儀というものがあるだろう。

コンパートメントに入ってきた奴らもガサツだったが、ホームから闇商品を放り込んでくる男たちもひどかった。優希のいる車室に向けて、何やら文句を言っている。どうやら彼らに渡されるべき賃金が、一人分足りなかったようだ。会計係らしき中年女性から若者の手に、一枚の高額紙幣が渡った。すると若者は受け取った紙幣をくしゃくしゃに丸め、窓から放り投げた。そのお金は、外から怒鳴っていた男の手に渡った。

午後一時十五分、予定より二時間十五分遅れて、列車が動き始めた。午前八時から待っていた優希は、結局、五時間十五分の足止めを食らったことになる。列車が動き始めたことに、こんなにも感謝したことはなかった。

ようやく発車した国際列車ではあるが、時速三十五キロほどの超鈍行だった。スクーターで走った方がはるかに速そうだった。ゆっくりと前進する列車に揺られながら、闇商人のおばちゃんが、

「検査官が見逃してくれますように」

と、神に祈っていた。お祈りのポーズをしきりに繰り返している。彼女たちに恩恵を施す神とは、一体何者であろうか。ルーマニア正教の神は誰の味方なのだろう。息子だと思うが、若い闇商人も真似をして、お祈りのポーズを始めた。それに気づいた母親が、

「違うわよ。こうよ！」

と、若造に手本を見せた。

優希は必死に笑いをこらえた。

時間が経過するにつれて度胸が座ってきたのか、優希は自分を取り巻いている環境を冷静に観察し始めた。闇商人たちが輸送している品物が気になってきたのである。石鹸、台所用スポンジ、コーヒー（挽いてあるものといないもの、両方）、インスタントのカプチーノ、トマトケチャップ、グラス（ドイツ製）、男性用デオドラントなど、変なものばかりが、汚れたバッグにあふれるほど詰め込まれていた。神に祈っていたぐらいだから、検査官に見つかってはまずいものがバッグの中に入っているはずだけれど、

「バッグの中を見せてもらえますか？」

といった、彼らを刺激するような発言は、優希にはできなかった。抹殺されてはいけないからだ。

彼らは、あきれるほど用意周到だった。検査官に賄賂を渡す際に必要なビニール袋まで準備していた。ピンク色のリボンが描かれている。闇商品の倉庫と化した、優希のいるコンパートメントには、入れ代わり立ち代わり検査官が現れ、コーヒー豆と男性用デオドラントをもらってほくそ笑んでいた。それなのに、何もしていない優希を鋭い視線でにらんで行った。一体、これはどういうわけだ。

賄賂を渡さないのが、そんなにも気にいらないのか。優希には、賄賂を渡さなくてはならない理由など何もない。

――こんなことが許されていいのか！――

やり場のない怒りを、優希は心の中で叫んでいた。

闇商人の団体がやってきてからの優希の顔は、ずっと怒っていたようだ。トイレに行こうと思って立ち上がると、闇商人たちは優希を引き留めた。彼らとは一緒にいたくない優希が、コンパートメントを換えようしているのかと勘違いしたようだ。彼らは、自分たちが優希にとってどのような存在なのか分かっているみたいだった。

「トイレに行くだけですよ」

優希がそう言うと、彼らは安心したような顔をした。犯罪まがいのことをしているけれども、そんなに悪い人達ではないようだ。優希と彼らとの間にあった精神的な距離が少しだけ短くなった。ほんの少しだけ。

闇商品の倉庫と化したのは、優希のコンパートメントだけではなかった。となりも、そのとなりも、どこで仕入れてきたのか知らないが、様々な品物を詰め込んだカバンやダンボール箱が積み上げられていた。物々交換をしている連中もいる。たくさんの闇商人がイスタンブールからルセを経由し、ブカレストに向かっているようだ。

「闇の列車ルーマニア号・・・」

トイレの中で用を足しながら、優希はこの列車に名前をつけた。

再び倉庫に戻り、車窓の景色を眺めていると、ルーマニアの係官がやってきた。優希のパスポートには、ちゃんとルーマニアのビザがついている。優希は自信満々でパスポートを差し出した。すると係官は何も言わずに、パスポートを持って立ち去った。どうしてなんだ。

「ちょっ、ちょっと！」

係官の背中に向けて声をかけてみたが、ふり向いてもくれなかった。

優希には訳が分からなかった。

──どうしよう・・・──

死んだように青ざめた顔で、ただ某然としていた。

一時四十五分、国境の町、ジュルジュウに到着した。ここはルーマニア側である。パスポートを奪われている優希には、はじめて鉄道で国境を越えたという感動を味わう精神的余裕は全くなかった。日差しが強く、外は明るかったけれども、優希の気分は暗く沈んでいた。何よりも不安だった。命、パスポート、お金という三本柱の一つを失ったままなのだから、それも仕方のないことだった。次に失うのは、お金か、それとも命か。

列車が止まると同時に、国境警備隊が次々と乗り込んできた。右手にこん棒を持ち、腰に拳銃をぶらさげている。この列車には犯罪者がたくさん乗っている。優希を除けば、ほとんどの乗客と乗務員が犯罪者だと言い切ってもいいくらいだ。何か事件の発生しそうな気配がたちこめ始めた。

闇の列車ルーマニア号は一時間もジュルジュウの駅に停車した。ここでも、闇商人たちが荷物を積み終わるのを待っていたのだろうか。その一時間の間も、優希のパスポートは依然として行方不明であった。

二時四十五分、ようやく動き始めた。死傷者を一人も出すことなく、ルーマニア号はブカレストに向けて歩き始めた。今度は時速二十キロ歩行だ。こんな国際列車があってもいいのか。そう言えば、ルセの駅員が、

「いつも遅れるのよ」

と言っていたが、遅れる原因がよく分かった。分かりすぎるほどだった。

闇の列車ルーマニア号は、どんな絶叫マシーンよりも素敵な乗り物だった。高い料金を払ってでも、乗ってみる価値はある。実を言うと、優希はジェットコースターが苦手なのだが、闇の列車にも彼を怯えさせる魔力があった。

ジュルジュウを出発して十分ほど経過した頃、鬼の係官が優希のパスポートを持って現れた。再びパスポートを手にした優希に、ようやくルーマニア人に対して反撃を開始する元気が出てきた。心の中で何度もルーマニア人を罵った。

例えば、この係官。列車の中でスタンプを押せば、それで済むはずなのに、どうしてジュルジュウの駅で、他の係員に渡す必要があるのだ。優希のパスポートには、ルーマニアのビザが付いている。優希のような旅行者が、一体何をしたと言うのか。

検査官もだ。自国の人々はいくら悪事を働いても、賄賂を受け取って見逃しているくせに、罪のない外国人旅行者をにらんで行くとは何事か。列車に乗っている間、ルーマニア人が悪魔に見えた。当然だろう。

四時三十分、闇の列車ルーマニア号が、やっとブカレスト市内に入った。すっかり頭にきていたせいか、ジュルジュウからブカレストまでの二時間は、それほど長く感じられなかった。

ブカレスト北駅らしき建物が遠くに見えてきた。優希は列車が動いている間に闇の倉庫から脱出した。闇商品の輸送が始まってからでは、なかなか列車から出られそうにないと考えたからだ。倉庫から抜け出した瞬間、優希は少しだけ気が楽になった。自分の置かれている状況を分析する余裕が出てきた。はじめて見るルーマニアの景色も、きちんと目に入ってくるようになった。

ルーマニア号は最高に乗り心地が悪かったけれど、これもいい体験になったかなと思えるようになってきた。こういうことがなければ、東欧を旅した意味がないというものだ。ただ許せないのは、係官がパスポートを取り上げたのに対し、列車の車掌が乗車券を確認しにやって来なかったことである。

—切符なんか、買わなきゃよかった—

列車の中でいやというほど不快な気分を味わった優希は、乗車券を購入したことを心から後悔した。

通路に立って外の景色を眺めていると、ブルガリア人のおっちゃんが英語で話しかけてきた。

「あんた、ルーマニアを一人で旅するのか？」

「はい」

「ルーマニア人には気をつけた方がいいぞ」

「…………」

どうやらこのブルガリア人男性は、ルーマニア人から何度も痛い目にあわされているようだ。目的地に近づいて上昇し始めていた優希のテンションは、滑り台から転げ落ちるように急降下した。親切な忠告に礼を言うのを忘れるほどだった。

闇の列車ルーマニア号は、ゆっくりとブカレスト北駅のホームに入った。優希はすぐに列車を乗り換え、ハンガリーに行ってしまいたい気分だった。

ブカレスト北駅の巨大な建物の中は、なにか危険な香りが渦巻いていた。両替所に入ると、前に並んでいた青年が靴を脱ぎ、十ドル札を三枚取り出すのが見えた。優希は五十マルクのトラベラーズチェックを二枚、窓口のおばちゃんに手渡した。すると、一万レイ札が大量に返ってきた。厚みが三センチほどある。ソフィア空港で受けた衝撃をはるかに越えていた。それもそのはずだ。なにしろ、一マルクが約五千レイなのだから。札束を受け取った優希の右手はふるえていた。

今日は最悪の日になる感じだったが、ブカレストに来て運が向いてきた。駅を出てすぐの安ホテルに、十五マルクの個室を入手した。東欧旅行四日目にして、はじめて壊れていないシャワーを使うことができた。部屋も比較的きれいだ。道路を暴走する自動車の音がやかましいが、この条件で十五マルクならよしとすべきだろう。

ブカレストは大きい。無数の四角い建物がそびえたち、道路も広い。交通量も多く、悪い意味で都会的である。この町を歩いていると、どうしても気になることが二つある。まず一つ目は、高層ビルに囲まれて日のあたらない教会が多いことである。共産主義時代の独裁者、チャウシェスクの命令で、やみくもに都市計画が進められた感じだ。

もう一つは、この町に漂う物騒な空気である。銃をもった警官や軍人が、町のあちこちに見られる。彼らがいなければ、犯罪が限りなく続出するのだろうか。

この町には地下鉄が走っている。自動改札機まである。ホームに入る前、切符を改札機に挿入しなくてはならない。ただし、ホームから出る時には何もしなくていい。一番安い切符を買って乗れば得をする、というわけか。よく分からないが、市内は均一料金になっているようだ。そうでなければ、みんな最低料金で乗るに決まっている。

ブカレストに到着したのが遅かったので、観光は沈んでいく太陽との競争になった。時折、太陽の位置を確認しながら、優希ははじめての町を歩き回った。一通り観光を終えた頃には暗くなっていた。

夕食には、駅前の何となく怪しげな店に入った。軍服を着た若いルーマニア兵たちの視線を一身に浴びながら食べるトンカツの味は格別だった。うすっぺらで脂っこいトンカツ二枚、サラダ、パンで、二万レイだった。約三百円である。店の雰囲気と味は忘れるとして、量と値段には満足した。大きめのパンはビニール袋に入れ、明日の朝食用に取っておくことにした。

夜のブカレストは危険である。優希は足早にホテルへ戻った。自分の部屋の中でおとなしくしていれば、とりあえず安全である。部屋に戻ってからの優希は、ブカレストの物騒な雰囲気に怯えていた。日記をつけていても、心細くなってくる。優希はそんな自分を励ました。誰も励ましてくれる人がいないから、自分で自分にカツを入れた。日記帳に書きなぐった。

『檄文・激文』

何をそんなに恐れているのか
これといったとりえもなく
これ以上ないほど孤独なお前には

失うものなど何もない
自分の全てを出し尽くせ！

何をそんなに悩んでいるのか
物事を悲観視していたら
お前はどんどん醜くなっていく
どんどん深い海の底へと沈んでいく
つまらぬことを気にするな！

何をそんなに悔やんでいるのか
分かってほしいと思っていながら
裏腹なことをするお前が悪い
お前が全部悪いんだ

たまには素直になりたまえ！

何をそんなに迷っているのか
人はちっぽけで醜いけれど
この世には美しいものがたくさんある
いいことだってきっとある
それを絶対忘れるな！

書いているうちに、おかしくなってきた。世にも奇妙な詩を、笑いながら書いた。書きながら笑った。乱れまくっている汚い文字が、おなかを抱えて笑っているようだ。知らないうちに、優希は元気になっていた。絶えず聞こえてくる自動車の騒音にも、不気味な響きがなくなっていた。

ルーマニアで過ごす最初の夜は、いつもと変わりなく、ゆっくりとふけていった。

五　世の中の矛盾

「やられた！」

ブラショフへ向かう列車の中で、優希はルーマニア人を罵った。普段は比較的冷静で冷たい彼の顔に、この時は怒りが満ちあふれていた。

—ちくしょう！—

優希は怒っていた。

ブカレスト北駅は狂っている。空港でもないのに、使用料を払わなくてはいけない。全ての出入口に赤いベストを羽織った係員が立っており、旅行者から強引に入場料を奪い取る。ルーマニア語でまくしたてられ、知らないうちにお金を払わされる。優希は入口の手前で立ち止まった。

入口の前でためらっていると、三人の屈強そうな若者が優希を取り囲んだ。ルーマニア人の不良青年である。そのうちの一人が、下手な英語で話しかけてきた。

「列車に乗るんだろ？」

「ええ。でも、駅の中に入るのには、お金がいるんですか？」

「俺たちに任せとけ」

彼らは優希を駅の構内に連行した。係員が、

「入場料を払え！」

と言ってきたが、不良青年がにらんだおかげで、ただで中に入れた。

切符を買おうと思い、優希は窓口に向かって歩き始めた。すると、英語を話せるリーダー格の不良が、

「俺たちが買ってやるよ。外国人は旅行会社じゃないと切符を買えないし、値段も滅茶苦茶高いんだ」

と言って、優希を引き留めた。その代わりに、三人の中で最も小柄な青年が窓口へと歩いていった。

―嘘ついてやがるな―

優希は彼らにだまされるほど愚かではない。なんとか現状を打破したいと思った。しか

し、周りには味方になってくれそうな人が見あたらなかった。彼らと一緒になって、優希からお金をだまし取ってやろうと考えかねない連中ばかりだった。

―仕方ない。ここは、安全策を取ろう―

高い切符を売りつけられるのは目に見えていた。それでも抵抗したら、この男たちは何をするか分からない。優希はだまされているふりをして、おとなしくお金を払うことにした。要求する金額が途方もなかったら、その時点で警察を探して逃げようと考えた。旅はこれからも続く。ケガをするわけにはいかない。死ぬわけにもいかない。悔しいけど、今は安全策を取るのが一番だろう。

優希が乗る列車は、七時五十四分発のインターシティーだった。発車まで、あと三分しかない。頼みもしないのに切符を無理やり買った不良青年たちと優希は、列車が止まっているホームへと走った。ホームにたどり着いた時は、発車直前だった。

「兄ちゃん、二十ドルだ」

予想は的中した。やはり、こいつらは優希からお金を奪うつもりだったのだ。

「乗車券を見せてくれ」

優希は本当の値段を確認しようと考えた。

「お金を出してからだ」

男たちの目つきが変わった。力ずくでもお金を取ってやろうという感じだ。

「わかった。でも、ぼくはマルクしか持っていない。お釣りをくれ」

そう言って、優希は五十マルク紙幣を一枚渡した。しわくちゃの一万レイ札が数枚返ってきた。列車は優希が乗り込むのと同時に動き始めた。走り出した列車の中で、優希はとりあえずほっとしていた。どこにも傷を負っていないし、気が遠くなるほどの金額でもなかったからだ。

乗り込んだ列車に、優希の座席はなかった。渡された切符は、一応ブラショフ行きだったが、料金の高いインターシティーではなく、安い普通列車のものだった。

—あいつら・・・—

優希は必死に怒りを静めようとしていた。あの程度の人間のために気分を害することはど愚かなことはない。優希は誰もいないコンパートメントを見つけ、背負っていた重いリュックを荷台に置いた。

時間が経過するにつれて、不良青年たちに対する怒りも和らいでいった。

数分後、車掌が現れた。車掌は優希の乗車券を見て、

「この切符は違う列車のものだ。罰金を払いなさい」

と、怒った顔で言った。ルーマニア語だったから正確に分かったわけではない。でも、こう言っていたのは間違いない。優希は正当防衛を試みた。

「ブカレストの駅でルーマニア人にだまされたんです。わざと安い切符を買ったわけではありません」

英語とドイツ語で何度も訴えた。しかしその車掌には、外国語は自分にとって都合のよい時にしか通じないもののようだった。紙切れに七万三千レイと書いて、優希に見せた。ものすごい剣幕で、こちらをにらみつけている。信じられなかった。

外国人旅行者の立場は弱い。旅行者だけではない。外国人は基本的に弱者である。優希

は七万五千レイを渡した。すると車掌は千レイしかお釣りをよこさなかった。

「千レイ足りませんよ」

優希はドイツ語で文句を言った。

「今は小銭がこれ以上ないから払えない」

車掌はコンパートメントのドアを荒っぽく閉めて、そのまま立ち去った。

—これがルーマニア人のやり方か—

優希はルーマニア人を憎んだ。とてつもなく不愉快だった。外国人はお金を持っているから多少は奪っても構わないという考え方が、ルーマニア人にはあるようだ。ルーマニア人のせいで、東欧旅行が台なしになりかけていた。窓から見える景色も、優希の目には醜く映った。

—ちくしょう・・・—

列車が止まり、乗客が乗り込んできた。優希のコンパートメントにも、ルーマニア人が三人入ってきた。優希が座っていた席は、初老の婦人の指定席になっていた。彼女は優希に乗車券を見せた。優希は立ち上がり、コンパートメントから出ようとした。彼の乗車券では座れないからだ。

ルーマニア人にはとんでもなく悪い奴が多いけれども、全てのルーマニア人が犯罪者というわけでは、決してない。理性的な人だって、もちろん数えきれないほどいる。この婦人は立ち去ろうとする優希を引き留めた。おっちゃんも引き留めてくれた。八人用のコンパートメントだったから、席はまだ五人分残っていた。

「ぼくの切符では、ここに座れませんから」

優希は弱々しい声でつぶやいた。情けなかった。

「こんなに空いてるんだから、ここに座っていればいいのよ」

優希はルーマニア語を話せないので、それで正しい切符を買うことができなかったのだろうと、婦人は考えたようだ。婦人の優しい言葉に、優希の涙腺は危うく緩んでしまうところだった。優希はルーマニア人を憎むのをやめることにした。悪い奴らは絶対に許さないけれど、優しい人は心から愛したい。

列車は再び走り始めた。四人部屋となったコンパートメントに座っている、この時の優希の心には、それまで抱えていたわだかまりが静まっていた。

外の景色も美しくなった。

婦人はドイツ語を流暢に話すことができた。婦人と優希は、少しずつ言葉を交わすようになった。

「ぼく、ブカレストでだまされたんです」

母のような優しさで接してくれる婦人に、優希はグチをこぼし始めた。

「まあ！　どうしたの？」

元気のない優希のことを心配してくれていたのか、婦人は優希の目をまっすぐに見つめて問い返してきた。

「若い三人組に無理やり切符を売りつけられたんですけど、その切符、この列車のじゃなくて、普通列車のだったんです。二十ドルも払わされたのに・・・」

そう言って、優希は乗車券を見せた。

「それだけなら、まだ許せるんですけど、車掌がひどいんです」

優希は言葉を続けた。一番頭にきていたのがあの車掌に対してだったから、ここまで話したら、もう止まらなかった。

「車掌が何したの？」

婦人の品のいい顔に、愁いが浮かんでいた。同じルーマニア人として、情けなかったのかもしれない。優希は、これ以上話さない方がいいと思った。この婦人には何の罪もないのだから。優希は黙り込んだ。

「ねえ、車掌が何したの？」

黙り込んでしまった優希に、婦人は同じ質問を繰り返した。優希の左肩に手を置いて軽く揺すった。優希はうつむいたまま、小さな声でつぶやいた。

「罰金を払わされました。事情を話しても聞いてくれませんでした。それに・・・」

「それに？」

「それに、その罰金を少し多目に払ったら、お釣りをちゃんと払ってくれないんです。信じられませんでした」

「・・・・・・・・・・」

婦人は悲しそうな表情で、窓の外に視線を移した。優希も列車と反対方向に流れていく景色に目をやった。

優希は自分を責めていた。婦人があまりにも優しかったので、つい甘えすぎてしまったようだ。話してはいけないことを、話してはいけない人に話してしまった。

「でも、もう平気です」

優希は婦人に笑顔を見せた。その顔を見て、婦人も優しく微笑んだ。その後、二人はあまり言葉を交わさなかったけれど、時は柔らかく流れていった。

列車が走り抜けていく風景も、柔らかく優希たちを包んでいた。

ブカレストを出発して約二時間半後、列車はブラショフに到着した。優希はリュックを背負い、立ち上がった。

「気をつけてね」

立ち上がった優希の顔を見上げて、婦人は穏やかに微笑んだ。

「どうもありがとうございました」

優希は婦人に握手を求めた。彼女は優希の手を軽く握りしめた。彼女の華奢な指から伝わってくるかすかな温もりが、何よりも清らかだった。

優希は元気よくコンパートメントをあとにした。

列車からホームに降りた優希のところへ、客引きのおっちゃんが駆けよってきた。優希は『地球の歩き方』を手に持っていた。それで、優希が日本人であることがすぐに分かったようだ。

「コンニチワ!」

おっちゃんは、日本語で話しかけてきた。よく見ると、『地球の歩き方』の最新号を持っているではないか。

—こいつ、何者やねん?—

と思いながらも、優希は、

「今日は」

と挨拶を返した。するとそのおっちゃんは、優希が持っている古い旅行ガイドを指さしながら、

「ソレ、フルイ。コッチ、アタラシイネ」

と言った。さらに、自分の最新号を自慢げに広げて見せた。

—ほっといてくれよ—

優希は男の態度が気にいらなかったので、無視して出口へ向かおうとした。そこへ、相棒のおばちゃんがやってきた。彼女も『地球の歩き方』を持っていた。彼女が持っているのも最新号である。どこで手に入れたのだろう。

—こいつら、何者やねん?—

その客引きコンビは、優希の両側で陽気な笑顔をふりまいた。

「私達には日本人の友達がたくさんいるのよ」

そう言って、日本の友達からもらったという絵はがきまで見せた。日本語で書かれていた。どうやら、日本人の友達がいるというのは本当らしい。警戒している優希に取り入ろうとする作戦なのはみえみえだが、詐欺師ではないようだった。

彼らは日本語をほんの少しだけ話せる。しかし、読むことは全くできない。それなのに日本語で書かれた絵はがきや『地球の歩き方』の最新号を持っている。おとなしく、要領が悪く、その上お金をもっている日本人旅行者をターゲットにしているわけである。

—なめやがって—

日本人を訳もなく嫌っているか、馬鹿にしているかしているヨーロッパ人は多い。ヨーロッパを旅していると、日本人を馬鹿にしているとすぐに分かるヨーロッパ人に出会うことがしばしばある。悔しいけれど、仕方のない面もある。

この二人は、日本人をお得意さんにしているようだった。日本人を愛しているような口ぶりで色々と話しかけてくる。それでも、だまそうとしているようではなかった。彼らは商売人だった。優希は彼らの話に耳を傾けた。

マリアという似合わない名前の、そのおばちゃんのペースにはまってしまった優希は、いつの間にかタクシーに乗せられ、プライベートルームへと連れ去られた。東欧で、はじめてタクシーに乗った。運賃は、もちろん優希が払わされた。

連行された先は、やや裕福な感じの、きれいな家だった。庭があり、部屋も多い。六人ほど客を泊められそうだった。優希は二人部屋になった。誰と相部屋になるのかは、その日が終わってみないと分からないようだった。少し嫌だったが、ここに宿泊することに決めた。タクシー代を払わされていなければ、宿泊料も手頃だった。

マリアおばさんは、ものすごくせかせかしている。お薦めのレストランやバス停の位置などを親切に説明してくれるのだが、一刻も早く優希を片付けて駅に戻り、次の客を我が物にしたいという様子だった。駅のホームに残った相棒のおっちゃんが、あまりにも頼りないからだろう。ソフィア空港の観光案内所でおせっかいをやく、あのおばちゃんをはるかに凌ぐ強引さだった。

—そんなに慌てなくてもいいのに—
彼女を見ていると、なんとなく楽しくなってくる。

部屋に荷物を置くと、早速、ブラン城を目指した。ドラキュラ伯爵の居城として、世界的に有名なお城である。ブラム・ストーカー作の『吸血鬼ドラキュラ』が観光客を集めているのだ。優希がここへ来たのも、ブラン城を自分の目で見たかったからである。写真はカメラマンの技術によって嘘をつく。実際に見てみなくては、本当のことを理解することはできない。

ブラショフからブラン城へ行くには、バスで一時間ほどかかる。毎日が移動日という過密スケジュールで旅を続ける優希は、昼食をとることもなくバスに乗った。バス代を払うのにも高額紙幣を渡さなくてはならない現実を理解するのに、頭をひねらせている時間さえなかった。

九月半ばに入っているというのに、この日は真夏のように暑かった。空には雲一つ見られなかった。冷房のきいていない車内はサウナのようだった。しかも、窓を開けると運転手が鬼のような形相で怒るではないか。こんなに暑いのに、どうして窓を開けてはいけないのだろう。分からない。

ブラン城へ向かうバスの中から外の景色を眺めていると、トランシルバニア地方の広大な畑と、道路を行き交う馬車が強く印象に残る。荷車には、トウモロコシの実が山のように積み上げられている。今日のように暑い日には、重い荷車を引かされている馬を見るのはつらい。胸がきつくしめつけられるようだった。優希はカーテンを閉めて、外の景色が見えないようにした。

修復中だったせいもあるが、丘の上から村を見下ろしているブラン城は悲しくなるほどつまらなかった。ドイツの各地に残っている古城の方が、何倍も訪れる価値がある。もしも『吸血鬼ドラキュラ』がなかったら、この城はとっくに廃墟となっているだろう。小説は偉大だ。なにしろ、この町の人々に多大な収入をもたらし続けているのだから。

丘のふもとには広場があり、土産を売る店がぎっしりと並んでいた。美しい装飾を施した手作りのレースやセーターが目立つ。見て歩くだけでも楽しい。中は大したことのないブラン城も、ここから見上げるると、ため息が出るほど素敵だ。優希は小さなびっくり箱を買った。ふたを手元に引くと、中から蛇がにょきっと出てくる仕掛けになっている。これは、韓国人の友達にあげる予定だ。優希は子供のように笑う彼女の様子を思い浮かべた。彼女なら喜んでくれるだろう。

ブラショフの町に戻ると、スファトゥルイ広場へ向かった。ここがこの町の中心だと言ってもいい。この広場を囲むように、赤茶色の屋根をした家が密集している。トゥンパ山の頂上から見下ろせば、一目瞭然である。この町はドイツからの移民によって作られたというが、言われてみれば、そんな感じもする。

優希はトゥンパ山に登ってみることにした。

トゥンパ山の頂上へは、ケーブルカーで登ることができる。優希は体力を温存したかったので、ケーブルカー乗り場を探した。ところが、なかなか見つからなかった。

――まあ、いいや。歩いて登ろう――

トゥンパ山は丘のような山である。ゆっくり歩いて登ったとしても、優希のように田舎で育った若者なら四十分ほどで頂上までたどり着ける。暑い日だったので、優希は汗をかきながら頂上を目指した。

てっぺんまでもうすぐというところで、男一人、女の子三人という日本人のグループに遭遇した。

――た、旅人！――

若い女子大生三人と談笑しながら展望台から下りてきたのは、ヴェリコ・タルノボからルセへ向かう時に出会った、あの旅人だった。

旅人はナンパ男に豹変していた。ナンパ男になった、この時の彼の顔には、無精ひげがはえていなかった。優希は言葉を失った。

「あっ、あの時の！」

優希の姿に気づいたナンパ男は、笑顔で優希の方へ近づいてきた。女の子たちも彼の後ろについてやってきた。

「今日は。二日ぶりですね」

ナンパ男は、某然と立ちつくしている優希に話しかけてきた。ルセのホームで別れた時にはしぶかったのだが、この時の彼はいかにも軽そうだった。もはや、『旅人』と敬意を表する相手ではなくなっていた。

それでも優希は心配していたので、気になっていたことを尋ねた。

「ビザ、大丈夫だったんですか？」

「列車の中でパスポートを取り上げられましたけど、ジュルジュウの駅を発車したあとに返してもらえました。ビザももらえましたよ」

ナンパ男は満面の笑みを浮かべている。

「それで、ビザ代はいくらでしたか？」

「ただでしたよ。それに列車も、乗り心地よかったですよ」

「・・・・・・・・・・・」

優希には返す言葉が見つからなかった。

―どうしてなんだ！―

一か月以上も前からビザを用意していた優希と、ビザなしで密入国しようとしていたナンパ男が、どうして同じ扱いを受けなくてはならないのか。しかも、ただでビザを入手したというではないか。

「どうかしましたか？」

突然黙り込んでしまった優希に、ナンパ男が声をかけてきた。

「い、いえ。よかったですね。ぼく、心配してたんですよ」

優希は愛想笑いを浮かべた。頬がひきつっていたかもしれない。心配していたのは本当だが、この時の優希には、ナンパ男の幸運を素直に祝福できない、何かわだかまりのようなものがあった。

「それじゃあ、ぼく、時間があまりありませんから。毎日が移動日なんですよ」

ナンパ男と女の子たちに軽く会釈をして、優希は展望台を目指して再び歩き始めた。後ろから、ナンパ男と女子大生たちの楽しそうな話し声が聞こえてきた。優希は歩くスピードを速めた。

トゥンパ山の頂上からブラショフの街並みを眺めている間、優希は世の中の矛盾について考えていた。

―どうしてなんだ！　あの列車が乗り心地よかっただと？　闇の列車ルーマニア号じゃなかったのか。どうしてぼくだけ、いつも不幸なんだ！　信じられへん―

歩いて登った疲れが、欄干に手を載せていてもどんどん増していくようだった。


「あっ、また会いましたね！」

レストランから出てきた優希のところへ、トゥンパ山で出会った女子大生たちが駆けよってきた。ナンパ男も一緒にやってきた。どうやらずっと同行しているみたいだ。

「ここで夕ごはん食べたんですか？」

三人娘のうちの一人が話しかけてきた。おっとりしていて、呑気そうな子だ。

「ええ。ルーマニア料理に挑戦してみたんですよ」

「なに食べたんですか？」

今度は、眼鏡をかけた子が質問してきた。小柄だが、しっかりしてそうな子だ。

「『地球の歩き方』に載ってたやつです。ちょっと待って」

優希はバッグの中から旅行ガイドを取り出した。『地球の歩き方』を広げた優希の周りに女の子たちが集まった。

「えーと、この、ママリガっていうトウモロコシの団子みたいなのと、トッチトゥラっていう肉料理です」

「どうでした？」

セミロングの、やや短めの髪をソバージュにしている子も話に加わってきた。彼女の瞳はとても優しそうだった。

「まあまあかな。人によっては、ぼくの作った肉じゃがの方がおいしいかもしれません。このレストラン、マリアおばさんが紹介してくれたんですけど、イマイチでした」

「マリアおばさん？」

三人娘が声をそろえた。

「マリアおばさんって、客引きの？」

「ええ、そうです。ぼく、彼女にプライベートルームを紹介してもらったんですよ。頼んだわけじゃないんですけどね」

「私達も、あのおばちゃんに連れ去られたんですよ。『キケン、キケン』って、危ないところを色々と教えてくれましたよ」

そう言って、最初に話しかけてきた子が笑った。

「あのおばちゃん、ぼくには危険な場所なんて、何も教えてくれませんでしたよ。野郎なんか、どうなってもいいのかな」

優希は、わざとおどけて見せた。みんな笑っていた。

そこへ、一匹の大きな犬がのそのそと歩いてきた。その犬は、優希とソバージュの子の間で立ち止まった。

「この犬、元気ないですね。病気なのかな」

ナンパ男が言った。

「ほんとだ。病気みたい」

ソバージュの子がしゃがんで、その犬の大きな顔をのぞきこんだ。すると犬は、彼女の頬をペロリとなめた。

「くすぐったい」

そう言いながらも、彼女の顔は嬉しそうだった。優希もとなりにしゃがみこんだ。すると犬は、優希と女の子の鼻の頭を一回ずつなめ、再びのそのそと歩いていった。優希は少し濡れた鼻を右手で拭いながら立ち上がった。

「ブルガリアでもそうだったんですけど、ルーマニアの犬って、元気ないのが多いんですよね」

みんなの視線が優希に集まった。優希はうつむいて、言葉を続けた。

「おとなしくしてないと、やっていけないのかもしれませんね」

するも眼鏡をかけた子が、優希に問いかけてきた。

「どうして?」

「ブルガリアでもルーマニアでも、野良犬が多いんですよ。人間に向かって吠えたり、襲いかかったりしたら、殺されちゃうんじゃないのかな。犬をいじめてる少年たちも見かけましたよ」

しばらく、沈黙が続いた。

「それじゃあ、ぼくは、これで」

優希は宿に向けて歩き始めた。人との接し方がよく分からない彼には、なぜか自分から一人になってしまうところがあった。

「あのっ、このあとは、どこに行くんですか?」

再び立ち上がったソバージュの女の子が、優希の背中に声をかけた。優希は彼女たちの方にふり向いた。

「シギショアラとティミショアラに行ってから、ブダペストに行くつもりです」

「それじゃあ、また会えるかもしれませんね。私達は明日ブダペストに行くんですけど、ブダペストには四日間ほどいますから」

おっとりした子が笑顔で言った。

「ぼくもブダペストで四、五日遊ぶ予定です」

ナンパ男も笑顔で優希に言葉をかけた。

「そうですね。それじゃあ、その時に」

優希は軽く右手をふり、再び歩き始めた。

空は少しずつ茜色に染まり始めていた。日中はなまぬるかった風も、ほんのりと涼しく流れていた。

この時も、優希は世の中の矛盾について考えていた。ルーマニアの犬が置かれている不幸な境遇を思っていた。

―かわいいのがいたら、一匹、連れて帰ろうかな・・・―

六　言葉

恐縮ですが
切手を貼って
お出しく
ださい

112-0004

東京都文京区
後楽2―23―12
(株)文芸社
ご愛読者カード係行

書　名					
お買上 書店名	都道 府県　　市区 郡　　書店				
ふりがな お名前			明治 大正 昭和　年生　歳		
ふりがな ご住所	□□□-□□□□			性別 男・女	
お電話 番　号	（ブックサービスの際、必要）	ご職業			

お買い求めの動機 1. 書店店頭で見て　2. 当社の目録を見て　3. 人にすすめられて 4. 新聞広告、雑誌記事、書評を見て（新聞、雑誌名　　）
上の質問に 1. と答えられた方の直接的な動機 1. タイトルにひかれた　2. 著者　3. 目次　4. カバーデザイン　5. 帯　6. その他

ご講読新聞　　新聞	ご講読雑誌

文芸社の本をお買い求めいただきありがとうございます。
この愛読者カードは今後の小社出版の企画およびイベント等の資料として役立たせていただきます。

本書についてのご意見、ご感想をお聞かせ下さい。

① 内容について

② カバー、タイトル、編集について

今後、出版する上でとりあげてほしいテーマを挙げて下さい。

最近読んでおもしろかった本をお聞かせ下さい。

お客様の研究成果やお考えを出版してみたいというお気持ちはありますか。

ある　　ない　　内容・テーマ（　　　　　　）

「ある」場合、弊社の担当者から出版のご案内が必要ですか。

希望する　　希望しない

ご協力ありがとうございました。

〈ブックサービスのご案内〉

当社では、書籍の直接販売を料金着払いの宅急便サービスにて承っております。ご購入希望がございましたら下の欄に書名と冊数をお書きの上ご返送下さい。（送料1回380円）

ご注文書名	冊数	ご注文書名	冊数
	冊		冊
	冊		冊

思いがけない出会いだった。

部屋に入ってみると、女の子がテーブルで日記をつけていた。ヨーロッパ人にしてはやや小柄で、髪は淡いオレンジ色に染めていた。鼻のつけねあたりにうっすらと広がっているそばかすが、彼女の可愛らしさを引き立てていた。

「ハロー」

入口のところで立ち止まっている優希に、彼女は話しかけた。彼女の澄んだ柔らかい声が優しく響いた。

「ハロー」

優希は静かにドアを閉めた。この女の子が同室の相手だった。彼女の名前はジェシカという。

ジェシカはスイスの女子大生だった。薬学を専攻しているという。年齢以上に落ち着いた物静かな女の子だった。それにしても、ヨーロッパは危険だ。こんなふうに、見ず知らずの若い男女を相部屋にしても構わないのだろうか。

優希は下着、シャンプー、バスタオルをもって、シャワールームへ向かった。女性がいるので、部屋の中で着替えるわけにはいかない。優希は少し緊張していた。

シャワーを浴びてさっぱりしたあと、優希もジェシカと向かい合った椅子に腰をかけ、日記をつけ始めた。

「あなたも、日記つけてるの?」

無口な優希に、彼女の方から話しかけてきた。彼女のドイツ語には、スイスなまりがほとんどなかった。

「うん。旅をしてると、書くことがいっぱいあるね」

「そうね。私なんて、もう五ページも書いちゃった」

そう言って、彼女はきれいな文字が並んでいるノートを優希に見せた。

「ほんとだ。ぼくと同じで、小さい字がぎっしり詰まってるね」

優希も、自分の日記帳を広げて見せた。二人はどことなく似ていた。時折、目が合った時には言葉を交わしたけれども、それぞれのペースで日記をつけたり、手紙を書いたりした。部屋は静まりかえり、柱時計の時を刻む音がとめどなく耳に入ってきた。

突然、にぎやかな話し声が外から聞こえてきた。

「ハロー！」

ドアが勢いよく開くと同時に、マリアおばさんの元気な声が飛んできた。相棒のおっちゃんも、笑顔で中に入ってきた。

「二人とも、仲良くやってる？」

マリアおばさんは、いつもテンションが高い。

「ええ、もちろんよ」

ジェシカが落ち着いた声で答えた。これでは、どちらがおばさんで、どちらがギャルなのか分からない。ジェシカにやや圧倒されたマリアおばさんは、優希の肩に手を置いて話しかけた。彼女の顔には、何か含み笑いのようなものが浮かんでいた。

「どう、あなた、もう一泊してみない？」

この質問に裏があることは明らかだった。優希は一泊しかしない予定なのだが、かわいい女の子と同室になったからもう一泊するのではないかと、マリアおばさんは考えたに違いない。彼女の顔を見ていれば、人間を観察する癖のある優希には容易に推察できる。

「そうしたいところですが、明日の朝、出発します。ぼくには時間もお金も、あまりないんです」

「そう、残念ね。それじゃあ、二人とも、おやすみ」

そう言い残すと、マリアおばさんは出て行った。相棒のおっちゃんも、彼女のあとを追いかけるように出て行った。どうやら、これだけのために、わざわざやってきたようだ。何という商売っ気だろう。優希は苦笑いしながらジェシカに話しかけた。

「あのおばちゃん、すごいね」

「ほんと、信じらんない」

ジェシカも、マリアおばさんの魂胆に気づいていたみたいだ。彼女のちょっと恥ずかしそうな笑顔はとても純粋で、その清らかさが優希の心を落ち着かせた。

九時頃、ジェシカはベッドの中にもぐりこんだ。

「私、明日も早いから」

彼女はこのブラショフを起点にして、あちこちに日帰りで旅行しているのだった。女の子だから重い荷物を背負って移動するのは、男よりも疲労がたまってしまう。危険だってはるかに多い。従って、優希のように毎日宿を換えることは難しい。明日も早朝に出発して、夕方、ここに戻ってくるそうである。

「おやすみなさい」

彼女は顔を壁側に向けた。寝顔を見られたくない気持ちは、よく分かる。オレンジ色の髪に光があたり、きらきらと輝いていた。

「おやすみなさい」

優希は日記に没頭しているふりをして、彼女の方へなるべく視線を向けないように注意した。

一時間後、優希も明かりを消してベッドにもぐりこんだ。彼女はまだ起きているようだったが、お互いに声をかけることはなかった。

これ以上ないほど静かな夜だった。

翌朝七時半、ジェシカは用意を整えて出発した。

「それじゃあ、私、行くね」

荷物を整理している優希に、彼女は小さく微笑んで見せた。

「いい旅になるといいね」

優希は彼女のもとへ歩みより、右手を差し出した。こういう時の優希は、握手以外に何をすればいいのか分からないのだった。

「それじゃあ、バイバイ」

「バイバイ」

ジェシカが出て行った十分後には、優希もブラショフ駅に向けて歩いていた。朝の空気は冷たいほどだった。

「ぼくの家に泊まってください」

シギショアラの小さな駅から出てきた優希に、一人の少年がたどたどしい英語で話しかけてきた。十二才ぐらいだろうか。内気な自分自身を一生懸命励まして、外国人旅行者の優希を勧誘しているのが、すぐに呑み込めた。

「五ドルです。それ以上はいりません。一緒に来てください」

少年は必死だった。着ているものを見れば、少年の家が貧しいことは、言われなくても分かる。おそらくこの少年は、宿泊客を連れてくるよう、親に命令されているのだろう。収入が入ったら、小遣いをもらえるのかもしれない。

「ホテルに泊まったら、安くても十ドルします。ぼくの家に泊まってください」

この少年は、人をだましたりできるほど器用ではなさそうだった。

「本当に五ドル？」

それでも、優希は念を押した。ルーマニア人には、これまで何度も嫌な目にあわされてきたからだ。

「本当です。それ以上は絶対に取りません」

「わかった。それじゃあ、泊まらせてもらうよ」

安心したのか、それまでやや悲壮感さえ漂っていた少年の顔に、ぎこちない笑みが浮かんだ。優希も微笑んだ。

少年の家は駅から七分ほどのところにあった。思っていた通り、いかにも貧しそうな家だった。平屋建てだった。玄関らしきものはなく、ドアを開けて中に入ると、台所であり居間でもある狭い部屋になっていた。その奥に二部屋あり、一番奥がこの家で最も豪華というか、立派な客室になっていた。暖炉や家具が、この家の外観からは想像できないほど重厚だった。優希はその部屋に通された。精一杯のもてなしを受けているのが、痛いほど伝わってくる。真ん中の部屋は寝室になっているのか、ソファ・ベッドが二つ、両脇に置かれていた。

しかし彼らのもてなしは、それが限界だった。お湯が出ないのか、シャワーが使えなかった。トイレは、工事現場にある簡易トイレよりもひどい状態だった。かなり慣れていないと、利用する気にはなれない。

少年は優希に英語で話しかけてきたけれども、旅行者を勧誘する時に使う言葉以外はほとんど話せなかった。母親は全く外国語を話せなかった。父親はいないようだったが、尋ねてみることは、もちろんできなかった。

少年には、十才ほど年のはなれた兄と姉がいた。二人ともすでに高校を卒業して、働いているようだった。この日は日曜日だったので家にいた。学校でドイツ語を学んだという兄が片言のドイツ語で、優希に家の案内をしてくれた。姉の方は、イタリア語以外はほとんど話せなかった。ルーマニア人はラテン系だといわれるが、言葉も少し似ているのだろうか。

ルーマニアのお金で宿代を払い、部屋に荷物を置くと、すぐに旧市街へ向かった。言葉が通じないし、みんな元気がないので、早く一人になりたかった。この家族には、何か暗い影がさしていた。

―お父さんが亡くなったばかりなのかな―

そんなふうに思わせるほどだった。

シギショアラはブラショフ同様、ドイツ人が建てた町である。丘の上に小さくまとまっている旧市街には、中世の面影が残っている。やや離れたところから見れば、ドイツのほぼ真ん中にある大学町、マールブルクに何となく似ている。

狭い路地を歩いていると、少女たちの無邪気に遊ぶ声が聞こえてきた。ドイツからやってきた移民の子孫なのか、ドイツ語で話している。ここで生まれ育った子供ではないのかもしれない。学校で他の子供たちと話す時にはルーマニア語を使っているはずだが、彼女たちの口からはドイツ語が自然に出てきていた。

ただ、この町は貧しいので、華やかさがまるでない。日曜日のため人通りが少なく、ゴーストタウンのようだった。古ぼけた建物、崩れかけの城壁、薄汚れた服を身にまとった人々。さらに今日は天気が悪い。どんよりと暗い空が、シギショアラの町をより一層暗くしている。一人で歩いていると、だんだん憂鬱になってくる。東欧の町にくもり空は、精神衛生上よくない。

人々の暮らしは非常に貧しそうなのに、教会だけは建物が立派だった。建てられて間がないのか、白くきれいな壁が暗い町から浮き出しているように見える。宗教とは一体何なのか。神を祭ることよりも、まず自分たちの生活が大事なのではないのか。

―神なんて、いやしない―

異常に豪華な教会を見ると、優希はそう考えずにはいられなかった。

午後一時すぎには、観光を終えた。客が二、三人しかいないイタリアン・レストランでスパゲッティーを食べたあと、鉄道の駅へ向かった。列車の発車時刻とか料金を調べておこうと思ったからである。街を歩いていても、つらいだけだった。

駅の構内に入ると、すり切れたスカートをはいた少女が近づいてきた。優希に小さな手を差し出し、ルーマニア語でしきりに何か言っている。聞こえるか聞こえないか分からないような、小さな声だった。その声は少女の口からではなく、身体の内から染み出てくるようだった。彼女の魂が叫んでいるのだろうか。

「お金をください」

と言っているのは、少女の目を見れば誰にでも分かる。言葉など必要ない。優希はたまらずに百レイ硬貨を二枚、少女の手のひらに載せた。金額の少なさが気にいらないのか、少女は礼も言わずに去って行った。できることならレストランへ連れて行ってあげたい気分だったが、優希は裕福ではないし、人に物を恵むような柄でもない。

―ぼくだって、生きていかなくてはならないんだよ―

すっかり気が滅入ってしまった優希は、せっかく駅まで来たのに、列車の時刻を確認することもなく、宿に戻った。それでも、夕食に何かを食べなくてはいけないから、売店でカステラとジュースを買うことは忘れなかった。

午後は部屋の中で過ごした。ものすごく静かだった。降り出した雨の音と、時折家の前を走り抜ける自動車の音の他には、何も聞こえなかった。午後四時だというのに、この家の人たちは寝ていた。休日を楽しく過ごす場所もお金もないのだろうか。少年がただ一人起きており、テレビのチャンネルをガチャガチャと回していた。寝ている人を起こさないように、ボリュームを最小限に抑えていた。

この家の人たちはみんな、おとなしくて真面目そうだ。だから犯罪まがいのことをしてまで、お金を稼ぐことができないのに違いない。ルーマニア人には共産主義とラテン系の悪い面が両方あると思ったこともあったが、必ずしもそういうわけではない。

優希は自分の部屋にこもり、時間がすぎるのを待った。

どんな日にも、夜はやってくる。八時をすぎた頃、少年の母親と姉が、一緒にテレビを見ようと、優希をテレビの前に座らせてくれた。若い人が三人もいるから、建物がボロボロで水もたまに出なくなるような状態なのに、この家には、かなり性能のいいテレビがあった。ドイツの番組まできれいに映る。

ドイツ語が最も得意な外国語だという優希のために、最初はドイツの番組を選んでくれた。ドイツの最新技術が紹介されていた。ドイツ語のさっぱり分からない少年と姉は、映像を見ながら、ああだこうだとしきりに話し合っていた。

一緒にテレビを見ているうちに、優希たちの間にあったぎこちない雰囲気が薄れていった。言葉を交わすようになった。優希は英語を使い、少年と姉はルーマニア語を使った。うまく伝わるわけがない。それでも、少しずつ心が通い合うのを感じた。唯一覚えていたルーマニア語の単語、

「ダ（イエス）」

を優希が口にするたびに、面白そうに笑う姉の澄んだ声が印象的だった。沈んでいた優希の心は、あまり伝わらない言葉を彼女たちと交わすことによって温められた。

—ここに泊まってよかったな—

心からそう思った。

ドイツの番組が終わったあと、アメリカの映画を見た。今回も、ルーマニア語の分からない優希のために選んでくれた番組だ。音声は英語のままで、画面にルーマニア語の字幕がついていた。セクハラと戦う、美人キャリアー・ウーマンの話だった。ややきわどい場面になると、テレビの前に座っている優希たちの雰囲気がぎこちなくなった。

映画が始まって三十分ほど経過した頃、夕方から出かけていた兄が戻ってきた。友達を連れていた。その友達は見るからにガラの悪い青年だった。その男はテレビを見ている優希の姿に気づくと、滅茶苦茶なドイツ語で話しかけてきた。

「お前、ここで何やってんだ？」

「テレビ見てんだけど、それが、どうかしたの？」

優希は問い返した。すると、男は、

「なんで街に行かないんだ？」

と、さらに問い返してきた。

「なんでって言われても、べつにすることないし・・・」

優希には、この男が何を言いたいのか分からなかった。男はにやついていた。明らかに侮辱している顔だ。

「なんで女を買いに行かないのかって、聞いてるんだ」

「・・・・・・・・・・・・」

優希はしばらく何も言えなかった。それでも優希は、男に聞こえる声で、はっきりと言い返した。

「ぼくは、あんたとは違う。世の中には、いろんな人がいる」

あまりドイツ語力のない、この男に、優希の言葉が理解できたかどうかは、どちらとも言えない。しかし優希の言い方で、意味は分からなくても、何を言っているのかは伝わっただろう。男は、

「じゃあな」

と、少年の兄に一言だけ残し、部屋から出ていった。優希の方には一度もふり向かなかった。

優希が再び安らかな気分を取り戻したのは、男が消えてしばらくたってからのことだった。もしかしたら殴りかかってくるかもしれないと、優希は思っていた。もしそうなったら、やり返すつもりでいた。普段の優希を知っている人には信じられないほど、あの時の優希は激しく興奮していた。静かに怒っていた。

それがどうしてなのかは、自分でもよく分からなかった。

やがて映画も終わった。明朝早く家を出なくてはいけないのか、すでにパジャマに着替えていた姉がベッドにもぐりこんだので、優希は部屋に戻った。みんな、すぐに床に就いたみたいだった。優希は布団を頭までかぶり、かたく目を閉じた。なかなか寝つけなかった。

自分の心臓の音が聞こえそうなほど静かな夜だった。

翌朝七時半、宿の人達に別れを告げ、シギショアラの小さな駅へ向かった。優希を待ち構えていたのは、またしても膨大な待ち時間だった。ティミショアラへ向かう列車が来るのは、およそ三時間後だった。

—またかよ・・・—

ため息をつきながらも、優希はまだティミショアラへ行くつもりでいた。

「あのう、ティミショアラに到着するのは、何時頃になりますか?」

優希は駅員のおばちゃんに尋ねた。すると、

「夜の九時頃ね」

という答えが、そっけなく返ってきた。

――な、なにぃーっ！――

シギショアラとティミショアラは、それほど離れていない。どうして夜にならないと到着できないのか、納得できない。優希は理由を尋ねた。

「どうしてですか？」

「途中で乗り換えなくちゃいけないのよ」

「それにしても、夜九時っていうのは遅すぎますよ」

「乗り換える時に、半日ほど待たなくちゃいけないのよ」

「…………………………」

優希は待合室へ向かった。とりあえず腰を下ろし、今後の予定を考える必要がある。毎日が移動日の彼は、明るいうちにたどり着かなくてはならない。ティミショアラはあきら

めるしかない。優希はガイドブックを取り出した。

優希はルーマニアの地図をにらんだ。明日ブダペストへ行く予定だから、ブダペストとシギショアラの中間にある町に宿泊するのが賢明だ。

—よし、クルージ・ナポカにしよう—

優希の決断は早かった。

再び窓口へ行き、今度はクルージ・ナポカ行きの乗車券を求めた。しかし、その列車が来るのも三時間後だったので、切符を売ってもらえなかった。そこで、優希は重要な質問をした。

「クルージ・ナポカに到着するのは、何時頃になりますか?」

クルージ・ナポカはティミショアラよりも少し近く、しかも乗り換えなしで行ける。列車がちゃんと来れば、昼すぎにはクルージ・ナポカに着くことが分かった。優希は少しだけ安心して、薄暗い待合室の長椅子に腰を下ろした。

少しずつ北上しているからではないのだろうが、昨日から寒い。この日も雨が降ったりやんだりして、気温が低い。列車がくるのを、優希はふるえながら待った。列車は十分ほど遅れてやってきた。

列車に乗ってからも不安定な天気が続いた。雲の間に、太陽が出たり隠れたりするたびに一喜一憂した。旅は天候によって大きく左右される。精神状態も大きく左右される。クルージ・ナポカに到着した優希を迎えたのは、風をともなう激しい雨だった。優希の靴はあっという間に水浸しになった。足を動かすたびに、ピチャピチャという水の音が賑やかな足音となってついてきた。

前日、宿でシャワーを浴びることができなかったので、今日はホテルに泊まろうと決めていた。ホテルだと、シャワーを浴びれないということはない。雨の中を歩いて、町の中心にあるホテルに入った。わりときれい好きな優希は、自分が不潔であることに耐えられないのである。朝食付きで四十マルクだった。優希には高い宿泊料だが、この天気では安ホテルを探し回る気にはなれなかった。

この旅ではじめて朝食付きのホテルにチェックインしたものの、旅行会社でブダペスト行きの乗車券を買ったところ、明朝、食事をとっている時間がないことが判明した。優希は宿泊料をまけてもらおうと思い、ホテルの受付に行った。

受付のおばちゃんに事情を話したら、朝食代は返さないことになっていると冷たく断られた。その代わり、朝食代の二万五千レイ分を景品と交換できると言った。おばちゃんの後ろにある棚には、ビール、水、ジュース、チョコレートなどが置いてあった。優希はチョコレートと水とファンタを、両手に持ちきれないほどもらった。パチンコ屋で景品を選んでいるみたいだった。

何か得をしたような気分だった。

傘をさして、濡れながら街を歩いていてもつまらない。そこで、郵便局に入った。毎日が移動日の優希には時間がない。そのためどんどんたまっていく手紙を、なかなか送ることができないでいたのである。意地悪な天気を恨んでばかりいても、何の足しにもならない。観光が無理でも、それなりにやることはある。

優希が並んだ窓口で働いていたのは、可愛らしい女の人だった。愛想がよく、言葉の通じない東洋人の優希が目の前に立っていても、ドイツの郵便局員のように嫌な顔をしたりしない。日本宛の航空便を扱うのがはじめてなのか、胸の前で両腕を組み、何やら考え込んでいる。首もかしげている。そのしぐさがとてもいい。まるで算数の苦手な少女が、問題用紙の前で困っているみたいだ。

―かわいいなあ―

いくら待たされても気にならない。

ルーマニアは数年前まで、途方もないインフレ地獄に陥っていた。ルーマニアの紙幣はかなりいい加減に作られている。千レイ札や五千レイ札などは、優希が知っているかぎりでも二種類ある。必ずしも高額紙幣の方が大きくて立派ではないし、同額の紙幣でも大きさが全く違ったりする。紛らわしくて仕方ない。激しいインフレに追いつかず、その場しのぎで作ったのがみえみえである。

そういう国だから、郵便料金も目まぐるしく変化したに違いない。滅多に扱うことのない航空便の料金を、この若い郵便局員が覚えていないのは当然のことで
それでも数分後、彼女はたくさんの切手を優希に渡した。それぞれの封筒に切
ていた。自分で切手を貼ってポストに入れてくださいと言っているようだった。大きめの切手ばかりだったから、封筒が切手だらけになった。

宛名や住所が隠れないように切手を貼るのは大変だったけれども、優希には遊んでいるような感じだった。雨のせいで悪かった機嫌も、いつの間にか楽しい気分になっていた。郵便局から出た時には、雨上がりの澄んだ日光が、クルージ・ナポカの町を明るく照らしていた。優希の背中も明るく照らしてくれた。

時間があまりない時には、丘の上に登ってみるといい。丘の上から眺める景色は、どの町でも美しいものである。まだ湿っているアスファルトの、あちこちにある水たまりをよけながら、優希はソメルシュ川の向う側にある丘を目指した。

その小高い丘の頂上には、オーストリアに統治されていた頃に建てられたという城塞の跡がある。この丘は『城塞の丘』と呼ばれている。

城塞の丘のふもとまで来たものの、どこから頂上を目指せばいいのか分からなかった。もう夕暮れ間近だったから、少しでも早くてっぺんにたどり着きたかった。そこで、道を尋ねてみることにした。

すぐ近くに、果物の入った白いビニール袋を持った若い女性が立っていた。誰か人を待っているようだった。優希は彼女に話しかけた。

「すみません、ここへ行きたいんですけど、道が分からないのです」

優希はガイドブックに載っている地図を見せ、城塞の丘を指さした。すると彼女は、ついて来てと、手で合図をして歩き始めた。言葉は全く通じていないようだったが、優希が城塞の丘へ行きたいことは伝わったらしい。分かりやすいところまで、優希を案内してくれるみたいだった。人を待っていたのではなかったのだろうか。

彼女は歩きながら何も言わず、スモモのような果物を一握り、優 差し出した。笑顔

がとても優しい。優希は、

「サンキュー」

と、一言だけ礼を言い、彼女に微笑み返した。言葉が通じないことは分かっていたので喜びを表情に出そうと心がけた。優希は感情表現が病的なほど苦手だ。それでも、精一杯喜んで見せた。また、実際に嬉しかったから、素直に表現できた。

言葉は虚しい。大切なのは、気持ちである。

人間は意思の疎通を計るために言葉を発明した。さらに文字も考案した。人が地球上で現在の地位を確保できたのは、言葉のおかげである。しかし言葉は、必ずしも人間にとってよい面ばかりではない。言葉は誤解を生む原因になる。どんなに言葉を費やしても通じないことは多い。そもそも、言わなければ分かってくれない人には、本当の気持ちを正しく理解してもらえることなど滅多にない。

人は嘘をつかなくては、うまく生きていけない。本当のことばかり言っていると、人間関係は容易に壊れてしまう。そうかと言って、下手な嘘ばかりついていると、誰にも信用されなくなってしまう。嘘を上手につけない者は、往々にして社会の輪の中から外れてしまいがちである。

言葉は人をだます道具としても使われ続けている。人の心をズタズタに傷つけるのは、言葉という名の凶器だ。人間を美しくしているのも醜くしているのも言葉である。こんなふうに考えているから、優希は人と話すのがこわい。優希の口から本音が出てくることはあまりない。それどころか、裏腹なことばかり言って嫌われている。そのことを、いつも悩んでいる。

言葉に頼ることなく気持ちを伝えられたら、どんなに素敵だろう。何も言われなくても相手の気持ちを分かってあげられたら、どんなに素敵だろう。周りにいる人々の声を遠くに聞きながら、いつもそう思っている。こんな優希が言葉を勉強しているのだから、自分でも笑ってしまう。

やがて、頂上に続く石段が見えるところまでやってきた。彼女はその石段を指さし、ルーマニア語で二言ほど何か言い、もといた方向に歩いていった。

「サンキュー」

彼女がこの単語を知っていたかどうかは分からないけれど、優希が感謝しているのは伝わったらしかった。最後に見せた彼女の笑顔には、親切なことをしたあとの満足感のようなものがあった。優しい笑みだった。

丘の上から見えるクルージ・ナポカの街並みは、ため息が出るほど素敵だった。有名な観光地と客観的に比べたらかなわないかもしれないが、優希の目には、いつまでも眺めていたいほど美しく映っていた。

街の景色を眺めながら、先ほどの若い女性にもらった果物を食べてみた。何という名前の果物なのかは分からない。ほんのりと甘い果汁が口の中に広がった。

—あまい・・・—

太陽は、ゆっくりと西の空から姿を消そうとしていた。優希は幸せな気持ちで城塞跡から下へと歩き始めた。疲れがたまっているはずなのに、優希の足は軽かった。

夜は足音を忍ばせて、静かに近づいていた。

七　こころ

午前七時四十五分、クルージ・ナポカ発ブダペスト行きの列車は動き始めた。最初は大嫌いだったルーマニアだが、あと数時間で出ていくのかと思うと寂しい。

優希が乗った八人用のコンパートメントには、ルーマニア人の青年と、ハンガリー人のおっちゃんが乗り込んできた。ハンガリー人のおっちゃんは、通路で煙草をふかしてばかりいる。煙草を吸わない優希に気を遣ってくれているようだった。

ルーマニア人の青年は切符を持たずに乗車していた。この列車はインターシティーだから、高い料金を払わなくてはいけない。車掌がやってくると、その青年は一万レイ札を一枚手渡した。約百五十円だ。一応、優希の目を気にしているようだ。青年は小声で何やら事情を話した。すると車掌はそのお金を受け取り、何も言わずに別のコンパートメントへ行った。

―そんなのありかよ―

優希はかなり高い乗車券を買って、この列車に乗っていたのである。もし優希が青年と同じことをやろうとしたら、あの車掌はどんな態度をとっただろう。ブカレストでの悪夢が脳裏をよぎる。

青年は国境の町、オラデアへ行く途中だった。オラデアはルーマニア側にある。自動車の免許を取得するための試験を受けに行くという。クルージ・ナポカでは試験を受けられないから、オラデアまで行かなくてはならないのである。青年は参考書を広げ、最後の追い込みをしていた。

不正乗車をしている青年に、あまりいい気はしなかった。しかしその青年は、決して不良というわけではなかった。彼の生活水準では、この列車の料金は負担が大きすぎるのである。彼だって、本当は不正などしたくはないのだ。優希と青年は、お互いにほとんど理解できない英語とルーマニア語で言葉を交わし始めた。ジェスチャーを加えれば、意思の疎通は難しくない。大切なのは、相手の言葉を理解したい、自分の言葉を相手に分かって欲しいという気持ちだ。日本人としゃべるのがはじめてなのか、青年は試験勉強をそっちのけで色々と話しかけてきた。

青年は上着のポケットからお菓子を取り出し、優希の前で袋を傾けた。「やるよ」という

意味だろう。優希は左の手のひらを上に向けて差し出した。すると青年は、

「両手じゃなきゃだめだよ。片方だけだと少なすぎる」

とでも言っているように、両手で器を作る格好をして見せた。優希が両手を広げると、青年はこぼれるほどお菓子をくれた。

優希がそれをおいしそうに食べると、青年は、

「もっと食べろ」

と満足そうに言い、また両手にいっぱい載せてくれた。

お菓子を食べ終えたあと、優希はバッグの中からスイス・チーズを二つ取り出し、その一つを青年に差し出した。青年は、いかにもおいしそうに食べた。実際、おいしいチーズだったのだが、彼ならまずいチーズでも、おいしそうに食べたような気がする。

列車がオラデアに到着した頃には、優希たちはずっと前から友達だったように、あまり通じない言葉で話し込んでいた。住所の交換もした。もっとも彼の独特すぎる文字は、優希には解読できなかったが。青年は、

「今度クルージ・ナポカに来た時には、絶対、俺の家に泊まってくれ」
と、何度も繰り返して言いながら列車から降りていった。

ハンガリー人のおっちゃんも、気さくで面白い人だった。ルーマニア人の青年がいた時にはずっと通路にいた彼だが、青年がいなくなったあと、コンパートメントの中に入ってきて、優希に話しかけてきた。どうやら、このおっちゃんはルーマニア人が好きではないようだ。優希と同じように、嫌な目にあわされたのだろうか。

おっちゃんはマジャール語しか話せなかった。もちろん、優希には何も理解できない。それでもおっちゃんは、しきりにグチをこぼしてきた。誰でもいいから、今の気持ちを聞いてもらいたかったのだろう。はっきりとは分からなかったが、列車の中でルーマニア人の車掌に罰金を払わされたみたいだ。言葉は理解できなくても、おっちゃんの気持ちは手に取るように分かった。

機嫌を直したいのか、おっちゃんはビールを飲み始めた。うまそうに飲んでいる。ハンガリー人の中年男性の顔は、一般的に丸い。このおっちゃんの顔も、ダチョウの卵みたいだ。おっちゃんの丸い顔は、ビールを一口飲むごとに赤く染まっていった。それでも、おっちゃんのテンションはあまり上昇しなかった。ばかでかい声を出したりはしなかった。その代わりに、

「ルーマニア人はひどいんだ」

と言っては、顔をくもらせていた。マジャール語だったけれども、そう言っていたのは百パーセント間違いない。優希だってブカレストにいた頃は、そう思っていた。おっちゃんと優希の心は通い合っていた。なにしろ、ルーマニアで同じような災難にあった仲間同志なのだから。

おっちゃんは、優希が持っている『地球の歩き方』に、異常に興味を示した。さかんにのぞきこんでくる。ブラショフで「フルイ」とけなされたガイドブックを、優希はおっちゃんの前に広げて見せた。広げていたのは、もちろんブダペストのページである。おっちゃんは、嬉しそうにガイドブックを受け取った。

はじめて見る日本語の文字に、おっちゃんは仰天した。

「オー、ゴット」

という感じに、目を閉じて胸の前で十字を切った。

―そこまでしなくても・・・―

おっちゃんの大げさな態度に、優希は少しあきれた。

てっきりマジャール語しか話せないのかと思っていたおっちゃんだが、彼は英語を話すことができた。ガイドブックに載っているブダペストの美しい写真を指さし、それを優希に見せては、

「ワンダフル」

と、得意げに言った。でも、彼が知っている英単語はそれだけだった。おっちゃんは、ブダペストの手前にあるソルノックという駅で下車するまで、

「ワンダフル、ワンダフル」

と、ブダペストの素晴らしさを優希に説明してくれた。彼はブダペストを誇りにしてい

るのだ。彼だけではない。ブダペストは、ハンガリー人にとって誇りの町なのである。おっちゃんの詳細な解説を聞きながら、優希が感心した様子を見せると、おっちゃんは満足そうに笑った。

ブダペストの素晴らしさが、優希にはよく分かった。町の素晴らしさを知るのに、たくさんの言葉など必要ない。形容詞一つあれば十分だ。列車がブダペストの市内に入った頃には、優希は喜びで胸がいっぱいだった。

おっちゃんは嘘をついていなかった。ブダペストはワンダフルだ。見どころが多く、優希のように駆け足で通り過ぎてしまうような、あわてん坊な旅行者はあまりいない。最低でも三泊はしたい町である。

ブダペストは見どころが多いだけではない。『絵はがきのような美しさ』という使い古された表現があるけれども、この町の美しさは絵はがきを越えている。撮影技術でだます必要はない。長いドナウ川で最も素敵な景色を見られるのは、この町であろう。

この都会的な町は、ゆっくりと流れるドナウ川を挟むようにして、ブダ地区とペスト地区に分かれている。ブダ側には王宮の丘があり、ペスト側は平地になっている。ドナウ川沿いの風景を見る時は、どちら側でもいい。ペスト側から見るブダの丘も、ブダの丘の頂上から眺めるペストの景色も、うっとりしてしまうほど美しい。

ただ、この美しさがブダペストの欠点でもある。あまりにも素敵なので、町のいたるところで、恋人たちが二人だけの世界に入り込み、盛り上がっている。寂しい独身男性が、あるいは独身女性が、一人でこの町を歩くのはやめた方がいい。素敵な景色を背景にしてキスをしている男女を目のあたりにしては、

「・・・・・・・・・・・・・・」

と、言葉を失い、足早に通り過ぎなくてはならないからだ。

―また来よう・・・―

と思ってみたりもするが、そんな日は当分の間来そうにないし、永久に来ないかもしれないと弱気になったりもする。

ブダペストは恋人たちの町である。団体のツアー客がおしよせて、雰囲気を台なしにしてはいけない。土産品の出店が集まっているところで、ドイツ人ツアー客を見かけた。店の前でもめている。耳を傾けてみると、店のお姉さんが、

「フォリントしかだめです」

と言っているのに、おばちゃんは、

「二十マルクちょうどになるようにするから」

と、しつこく言っていた。青い二十マルク紙幣を渡そうとする右手を、なかなか引っ込めない。お姉さんは困っていた。

―仕方ねえなあ・・・―

優希はため息をついた。

ブダペストのパンはおいしい。地下鉄の駅には、大抵どこにもパン屋があり、歩き回っておなかをすかせた旅人を誘惑する。優希の足は勝手にパン屋へと進んでいく。さらに、店のお姉さんにおいしそうなパンを指さしては、

「これもおいしいの?」

と尋ねてしまう。すると決まって、

「おいしいよ!」

という答えが返ってくる。食べてみると、本当においしい。

ブダペストで過ごした束の間の時間は、寂しく、それでいて、おいしく流れていった。

この町での再会を約束していたナンパ男と三人娘には、結局出会わなかった。ちょっぴり寂しかった。

ブダペストの夜は、降り積もる雪のように音もなく優希を包み込んだ。

今、とてもいい気分だ。優しい人って、やっぱりいい。優しい人でありたいと、心からそう思う。ブラチスラヴァでは、人の優しさに触れることができた。

今朝も早く起きて、予定通り八時十分発の列車に乗り、ブラチスラヴァに向かった。ドイツのインター・レギオのような、きれいで乗り心地のよい列車だった。ブルガリア、ルーマニアを列車で旅してきた優希には、超豪華列車のように思われた。闇の列車ルーマニア号とは違った意味で印象的だった。

久しぶりに、コンパートメントではない車両に乗った。乗客は少なかった。優希の近くには、父親と娘という二人組が座っていた。彼らはブラチスラヴァでは降りずに、プラハへ向かっている途中だった。

父親は、とんでもなくおしゃべりだった。大きな声でしゃべり続けている。マジャール語だから、何をそんなにぺちゃくちゃ言っているのかは、優希には分からなかった。娘の方は、そんな父親の相手をするのが面倒くさいのか、たまに返事をすることもあったが、大抵は無視し、父親に一人でしゃべらせていた。それでも迷惑そうな様子ではなく、平気な顔でプラハのガイドブックを熱心に読んでいた。よく分からない親子だ。

三度目の国境越えは平穏に終わった。係官は相変わらずの怖い顔で、優希をにらんだ。態度も威圧的だった。それでも、あまり気にならなかった。闇商人に囲まれているわけではなかったし、パスポートを取り上げられるようなこともなかったので、優希は穏やかな気持ちでブラチスラヴァに近づいていた。

スロバキア人には、旅に出る前からいいイメージを持っていた。ビザを取るために訪れた大使館のおばちゃんが、とても親切に接してくれたからだ。ブラチスラヴァを訪れる優希に、たくさんのパンフレットをくれた。他の国の大使館の人は、こんなふうに優希を扱ってはくれなかった。大阪のドイツ領事館で働いている日本人の中年女性でさえ、面倒をみてやっているというような態度だったのを、鮮明に記憶している。これでは、ドイツに対するイメージが悪くなる。

ブラチスラヴァ駅に到着すると、観光案内所へ行き、宿の斡旋をしてもらった。係のおばさんは、安いところを熱心にあたってくれた。残念ながら、安いところはどこもいっぱいだった。ホテルかアパートに泊まることになった。優希はアパートの一室を借りることにした。一人だからやや割高になったが、二人だったら千六百円ほどである。

駅で十五分ほど待っていると、家主のお姉さんが自動車で迎えに来てくれた。サングラスのよく似合う、かっこいい女性だった。アパートへ行く途中、旧市街がある方向やトラムの停留所の位置などを親切に教えてくれた。外国語が苦手だからかもしれないが、口数が少なかった。女性的きつさを感じさせない人だった。

アパートは、とても快適だった。冷蔵庫、テレビ、台所用品などが完備していた。お茶も飲める。テレビをつけてみると、家主のお姉さんはドイツ語を話せないのに、ドイツの番組ばかりだった。ドイツ人旅行者がよく利用するアパートなのかもしれない。部屋の中にいると、まるでドイツにいるような錯覚に陥る。

ただ、この部屋には黒猫がいた。おなかと足の先が白い。初対面の優希に、すぐじゃれついてきた。見たところ虚勢されたオスのようだったが、ロシア語を学び始めたばかりの優希は、勝手に『オルガ』と命名した。ニューハーフだから、メスの名前にしたわけだ。

「あなたも猫が好きなのね」

早速、オルガと遊び始めた優希に、家主のお姉さんが話しかけてきた。

「犬の方が断然好きですけど、猫も嫌いではありません」

そう答えながら、優希はオルガの右前足をとって握手をした。

ブラチスラヴァには、ウィーン、ブダペスト、プラハのような華やかさはない。かなり地味な首都である。チェコと一つの国を形成していた頃は、名前さえあまり知られていなかったのではないか。そのせいかもしれないが、観光客が少ない。多くの旅行者は、ブダペスト、ウィーン、プラハの順に、あるいはその逆の順にまわる。ブラチスラヴァは飛ばしてしまう。

確かに、この町は見どころが少ない。丘の上からブラチスラヴァの町を見下ろしている城も、おそろしく地味だ。四隅に塔が伸びており、四角いテーブルをひっくり返したみたいである。ドナウ川沿いの景色も、ブダペストと比較するのがかわいそうなほど見栄えがしない。

それでもこの町にいると、はじめて訪れたとは思えないほど落ち着く。外国人ずれしていないのか、それとも観光客を大切にしているのか、会う人の多くがとても優しい。穏やかである。

ブルガリアやルーマニアでは、厚かましいタクシー・ドライバーをよく目にする。馴れ馴れしい客引きも多い。この町の人には、そういうことはできそうにない。だから好感を持てる。

夕方、スロバキアのお金をチェコのお金に替えてもらおうと思い、銀行に入った。窓口の女性に英語で話しかけてみたら、言葉が通じなかった。彼女は困ったような顔をしていた。でも決して迷惑そうな感じではなく、言葉の通じない相手に対し、どう対処すればいいのかとっさには分からず、それで困ってくれているようだった。これがドイツなら嫌がられるか、無視されてしまう場面だ。叱られる可能性さえあるだろう。優希も困った。

そこへ、入口に立っていたガードマンの兄ちゃんが登場し、優希にスロバキア語で話しかけてきた。優希は彼の言葉を理解できなかったが、チェコのお金が欲しかったので、

「チェコ・コルナ」

と口に出した。すると彼は窓口の若い女性に、何やら説明した。チェコ・コルナに両替して欲しいという優希の気持ちを伝えてくれたみたいだ。窓口の女性は二、三回うなずき、

優希に話しかけてきた。彼女の顔は、まだ困っている。

「ドイツ語を話せますか?」

彼女のドイツ語の発音はきれいだった。

「はい」

優希がそう答えると、それまで困っていた彼女のきれいな顔に安堵の笑みが広がった。最初からドイツ語で話しかければよかったと、優希は後悔した。そうすれば、彼女を困らせなくても済んだのである。

優希は三百二十スロバキア・コルナを渡した。すると彼女は、

「小銭を持っていますか?」

と尋ねてきた。

「どうしてですか?」

質問の意図が分からなかったので、優希は問い返した。すると彼女は紙切れに数字を書きながら説明してくれた。

三百二十スロバキア・コルナは、二百七十八チェコ・コルナに相当する。しかし、ここはスロバキアの銀行だから、チェコの小銭がない。二百七十チェコ・コルナか二百八十チェコ・コルナでなくてはいけない。二百七十だと優希が損をし、二百八十だと銀行が損をする。そこで彼女は、優希が二百八十チェコ・コルナと両替できるようにスロバキア・コルナを少し足して欲しいと言ってきたのである。これがよその銀行だったら、他の国だったら、別の展開になっていたに違いない。

優希は財布の中にあった小銭を彼女の前に広げて見せた。すると彼女はその中から二、三枚、小さな硬貨を取り、その代わりに二百八十チェコ・コルナを渡してくれた。この時ほど穏やかな気持ちで銀行から出たことは、優希には一度もない。

ドイツで暮らした二年弱の間に、優希はさんざん痛めつけられた。相手の不機嫌そうな物言いに動揺してしまった結果、言葉をうまく話せなくて、

「通訳を連れてきなさいよ！」

と叱りつけられたこともあるし、スーパーで買物をした時、お金を払うのに七秒ほどか

かってしまい、

「早く出しなさいよ！　待っている時間なんてないのよ！」

と怒鳴られたこともある。そのレジのおばさんの言い方は、万引きをしようとしていた少年を叱りつけているみたいだった。優希の後ろには二、三人しか並んでいなかったのに、どうして時間がなかったというのか。このような態度は、相手を蔑視していなければとれないだろう。外国人であり、言葉をうまく話せないことは、そんなにもいけないことなのだろうか。

こういったことを繰り返しているうちに、優希は打たれ強くなり、同時に、ほんの些細なことで感動してしまうようになった。

愛想よく接して欲しいと要求しているわけではない。馬鹿にしているとしか受け止められないような態度で悲しませるのはやめて欲しいと願っているだけだ。これは贅沢な願いだろうか。

ドイツにしか住んだことがないから、ついドイツ人を責めてしまいがちだが、外国人が迫害されるのはドイツだけではない。どこでも大して変わりはない。もっともっとひどい国だってあるだろう。例えば、旧共産主義の国々ではどうなのか。それを知りたくて、優希は東欧旅行を決心したのだった。

悪事を働いたり、その国の秩序を乱したりして、迷惑をかける外国人は多い。言葉が通じにくいだけでなく考え方が大きく異なるから、心の壁ができてしまう。外国人の立場が悪くなるのには、それなりの理由がある。

言葉が通じないと思って困ってくれた、あの女性銀行員の優しい顔が、商店街を歩いていても忘れられなかった。ブラチスラヴァの小さな旧市街を、優希は物思いに耽りながらふらふらと歩いていた。

優希はデパートに入り、地下の食品売り場で夕食の買物をした。ブルガリアのスーパーとは違い、食べ物がいっぱい並んでいた。買物客も多かった。レジで叱られることはなかったし、買物をしていて悲しくなるようなこともなかった。

この町にいるだけで、何か幸せだった。

翌朝、目覚める直前、奇妙な夢を見た。場所は不明。優希は一人、カメラを持って歩いていた。

「スリー、トゥー、ワーン、ゼロー!」

突然、目の前でロケットが打ち上げられた。あまり大きくない、おもちゃのようなロケットだ。そのロケットはしばらくの間、激しい音をたてながら宇宙へ向けてまっすぐに飛んでいた。その様子を、優希は某然と眺めていた。ところが数秒後、ロケットは、

「ヒューン」

という情けない音とともに墜落し始めた。まっさかさまだ。

ロケットが落ちた場所は、大きな湖だった。途方もない爆発音が聞こえたかと思うと、水が空に向けて飛び上がった。乗組員もロケット花火のように飛び上がった。三人ほどいただろうか。手足をばたばたさせていた。彼らが宙を舞っている瞬間、優希はすかさずカメラのシャッターを押した。なんていう奴だ。

どういうわけか、三人の乗組員は死んでいなかった。数分後、優希は彼らに出会ったのである。彼らは、

「また挑戦しような」

と、お互いに励まし合っていた。信じられないことに、ケガ一つなく、元気そうだった。もちろん湖に落ちたので、ずぶぬれだったが。彼らは、驚きで固まってしまっている優希に気づかず、通り過ぎていった。

夢はここで終わった。


―夢か・・・―

優希は起き上がった。時刻はまだ、五時を過ぎたばかりだった。この夢にどういう意味が隠されているのか知らないが、少し嫌な気分だった。死にそうな目にあっている乗組員たちを写真に撮っていた自分が許せなかった。優希はそんなにも冷酷な男だったのか。

―いや、あいつは、ぼくではなかった―

そう考えることにした。

―何か嫌なことが起きそうだ―

あの夢は不幸を予告していたのだろうか。

―いや、いいことが起こる前触れかもしれないではないか―

そう考えることにした。今日はこの旅最後の目的地、プラハに行く。いいことが待ってくれていなかったら、寂しいではないか。

昨夜、日記をつけるのを忘れたので、優希は日記帳を広げた。銀行の優しいお姉さんについて書き始めた。彼女のきれいな顔を思い描いていた。するとその時、何か柔らかい生き物が優希の足に触れた。オルガだ。黒猫のオルガがじゃれついてきたのだ。顔や胴体をしきりにすりよせてくる。ちょっとくすぐったかったが、優希は彼女を無視して日記を書き続けた。

今更言うまでもないことだが、猫はわがままである。こっちがぬいぐるみのように扱ったら怒るくせに、無視されるとしつこくじゃれついてくるのだ。人が取り込み中だろうが何だろうが、一向にかまやしない。優希が日記をつけているのに、オルガはテーブルの上に跳び上がってきた。ペンを握っている優希の右手をなめて、

「ニャ～オ（何してんねや）？」

と甘えてくる。本物の猫なで声だ。

「日記つけてんねん。邪魔せんといてんか」

邪魔だけど、かわいいので、優希は我慢して日記を書き続けた。オルガが日記帳の上を踏み歩いても、体あたりしてきても、しっぽで優希の鼻の先をぺしぺしと叩いても、それでも辛抱強く書き続けた。ベジタリアンではないが動物好きの優希は、いたずらをする猫に対して非常に寛大なのである。しかし、何事にも限度というものがある。

「邪魔や！」

優希はオルガを抱き上げ、玄関に連行した。

「ニャーッ（何すんねや）！」

玄関に放り投げられたオルガは激怒した。ふてくされたのか、しばらくの間、優希の足

にまとわりついてこなくなった。

―変な夢を見たのは、こいつのせいかもしれないな―

オルガにはすまないが、そう考えることにした。優希は日記をつけるのをやめ、洗面所へ向かった。

顔を洗って少しだけさっぱりしたあと、優希は朝食を始めた。昨日、デパートで買ったスロバキアチップスとコーラだ。朝からこんなものを食べるのは嫌だったが、他に何もなかったのである。このあたりが旅人のつらいところだ。

スロバキア人の心がこもっているのか、スロバキアチップスは優しい味がした。妙な夢を見たことを忘れさせるほどおいしかった。しかし残念ながら、オルガの口には召さなかったみたいだ。口の中に無理やりねじこもうとしたら、彼女は大慌てで逃げていった。ベッドの上で怒っている。口の周りについた塩の粒を、両方の前足で腹立たしそうに払い落としている。

変な夢を見て早く目が覚めてしまったけれども、オルガと遊んでいるうちに、いつの間にか出発の時間がきていた。

「じゃあな、オルガ」

優希はオルガを抱きしめた。ちょっと嫌がっているようだったが、そんなことは気にしないで強く抱きしめた。

アパートのカギは、テーブルの上に置いておくように言われていた。オルガと遊んでいる優希の様子を見た家主のお姉さんに、

「猫を連れて行かないでね」

とも言われていた。オルガとカギを部屋に残し、優希は玄関のドアを閉じた。ドアはオートロックだった。

その朝は、少し肌寒かった。

八　旅の終わり

列車はプラハ・ホレショビッツェ駅のホームにゆっくりと入った。『地球の歩き方』によると、この駅は旧市街から離れたところにある。まず地下鉄で中央駅へ行き、そこから行動を始めた方が賢明なようだった。地下鉄の駅はすぐに見つかった。

プラハの自動切符売り機は西側のレベルに達していた。一時間券や二十四時間券など、色々な種類の切符があり、はじめての人にとっての扱いにくさはドイツ並みだ。優希はとりあえず一時間券を買った。地下鉄だけでなく、バスやトラムも乗り放題である。

中央駅を出ると、その正面からまっすぐに伸びている道を進んだ。この方向に旧市街があるからである。五分ほど歩くと、観光案内所が見つかった。両替もできるようだった。ここで部屋を紹介してもらうことにした。

中には、四十才前後の女性が一人いるだけだった。彼女はドイツ語を流暢に話せた。優希は若者向けの安ホテルを紹介してもらい、両替も済ませた。彼女が教えてくれた通りにトラムでホテルへ行き、チェックインを済ませ、すぐに観光を始めた。プラハでは何もかもが順調に運ぶ。優希は、いい気分になっていた。

まず、有名なカレル橋へ行った。両側の欄干に聖者の像が並んでいる美しい石橋が、旧市街とプラハ城を結んでいる。橋の上では似顔絵描きや土産品売りが、観光客を楽しませている。アコーディオンを弾きながら歌う大道芸人もいる。

橋を渡り、そのまま歩いていると、旧市庁舎に行きつく。ここへ来た目的は、もちろん天文時計を見ることである。上下に二つ、丸い時計が並んでいる。とても美しく装飾してある。上の時計には、一から二十四までの数字があり、まず人目を引く。黒く細長い針が小刻みに回っている。それに対して下の時計には、数字と針が見あたらない。その代わりに、十二の星座のシンボルが不思議な雰囲気を漂わせている。上の時計はともかく、下の時計では、どのようにして時刻を読み取るのか分からなかった。

一時間ほど旧市街を散策したあと、優希は再びカレル橋を渡り、丘の上に教会とともに建っているプラハ城を目指した。教会とともに、という表現は少し違っているかもしれない。プラハ城の敷地は広い。教会はその中にある。

城を目指してまっすぐに進むのは、なんとなく味気ない気がしたので、横道にそれてみることにした。

などと思いながら、わざと人通りの少ない道を選んで歩いたりした。狭い路地からやや広い通りに出た、その時だった。電話ボックスの中で泣いているアジア人女性の姿が目に入った。日本人だろうと思った。少し離れたところからだったから、よく見えたわけではない。彼女は左手に受話器を握りしめ、うつむいたまま泣きじゃくっていた。垂れ下がった横髪で顔のほとんどが隠れていたけれども、優希には、彼女が日本人であるという確信に近いようなものがあった。それがどうしてなのかは分からなかったし、考えてみようとも思わなかった。

優希が見ているのに気づいたのか、彼女は慌てて涙を拭いながら電話ボックスから飛び出し、そのまま走って消え去った。優希は、しばらく動けなかった。

彼女の残像をまぶたの内側に残したまま、ぼんやりと歩いていると、巨大な元大関小錦がその大きな姿を現した。灰色っぽい壁に、蹲踞し、居心地悪そうな表情でこちらを見つめている小錦の似顔絵だった。大相撲の欧州巡業でやって来た小錦を見て感動したプラハの青年が描いた落書きだろうか。顔だけでなく、肉の付き方など、そっくりだった。仰天した優希は、思わず二、三歩、後退りした。そこへ、たまたま人が通りかかり、足を踏んでしまった。

「す、すみません」

優希は英語で謝った。

「いいよ、いいよ」

ドイツ語で返事が返ってきた。ドイツ人観光客だったのか。

あの泣いている女性を見てからの優希は、心がどこかよそへ行っていた。

それでも優希は、なんとかプラハ城の正門までやってきた。どのようにしてたどり着いたのか、自分でも分からなかった。気がついてみると、正門の前に立っていたのだ。門の両側には、猟銃のような長い鉄砲をたてに持ち、直立不動で勤務している衛兵が、旅行者たちのカメラの被写体になっていた。うっとうしいに決まっているが、それでも黙々と立ち続けていなくてはならないのが、彼らの誇るべき任務である。優希は同情しながらも、二人の衛兵に近づいてみた。身体は動かしていないが、結構、きょろきょろしている。彼らだって、やはり人の子だということだろう。

愉快な気分で、正門をくぐった。

優希はまず、フランツ・カフカの家があるという黄金小路を探した。その名の通り、黄金小路は細い路地だった。

──本当の『小路』だな、これは──

狭い路地に人があふれ返っており、著名な作家が半年間暮らしたといわれる小さな家を見ても、何の感動もわかなかった。単なる土産品屋のようだった。それよりも優希には、さっきの泣いていた女の子のことが気になっていた。優希はカフカの家を写真に撮り、中に入ることもなく、黄金小路をあとにした。

これと言って目当ての建物もなかったので、旧市街の景色を一望できる場所を探した。場所はすぐに見つかった。どういう巡り合わせか、優希の目に入ったのは、あの若い女性の後ろ姿だった。今は泣いていないようだった。優希はゆっくりと彼女の方へ歩いて行った。足が勝手に動いているようだった。

優希がとなりに来たのに気づいた彼女は、驚いたような顔をしてこちらにふり向いた。その拍子に、肩のあたりできれいにそろえてある髪が少しだけ波打った。彼女の優希を見る視線は、なにか怒っているようだった。優希は緊張しながら話しかけた。

「あ、あのう、日本人ですよね」

「だったら、何だって言うの」

彼女は、やはり怒っているようだ。泣いているところを見られたのが許せないのか。

「何かあったんですか？」

優希は彼女の勢いに押されていた。話しかけたことを後悔し始めていた。

「・・・・・・・・・・・・」

彼女は答えなかった。答えたくないのだろう。優希は他の場所に移動して街並みを眺めようと思い、向きを変えた。すると、さっきのきつい声とは違い、力のない声が優希の背中に返ってきた。透き通るような声だった。

「ごめんなさい」

優希は彼女の方に向き直った。彼女は、はにかむように小さく微笑んだ。怒っていなかったのか。

「いいえ、謝らなくちゃいけないのは、こっちです」

優希も笑って見せた。彼女を怒らせたわけではなかったようなので、ほっとして気が楽になった。

「ここには、一人で？」

「ええ。そうじゃないと、あんなふうに泣いたりしないよ」

明らかに年下に見える彼女が丁寧語を使ってこなかったので、優希も言葉を和らげることにした。

「そうだね。でも、日本の女の子って、普通、彼氏と二人で石畳の道を歩いたりとか、女の子三人組ではしゃいだりするんじゃないの？　そういうの、あちこちで見かけたけど」

「・・・・・・・・・・・・・・・」

彼女は優希から目をそらし、城下の景色を眺めた。優希は余計なことを言ってしまったと、自分を責めた。この悪い癖は、どうやったら直るのだろう。

「ごめん、変なこと言っちゃって・・・」

「ううん、いいの」

「何かあったの？」

「・・・・・・・・・・・・・・・」

再び、彼女は黙り込んだ。優希も、この先どう言葉をつないだらいいのか、全く見当がつかなかった。黙って、彼女が何か言ってくれるのを待った。

「私、お金だまし取られたの。ハンガリー人だった」

彼女の顔は今にも泣き出しそうだった。優希には何を言えばいいのか分からなかった。それでも黙っていたら彼女が泣き出してしまいそうだったから、

「いくら？」

と、聞こえるか聞こえないか分からないような声で尋ねた。

「金額なんて、問題じゃないの。だまされた自分が情けなくて、悔しくて。いい人と悪い人の区別もつかないなんて、バカみたい」


彼女が時折、感情的になりながらも話してくれた内容は、こうだった。

彼女は昨日の午後、ブダペストからプラハに電車でやってきた。到着した駅は、ホレショビッツェ駅だった。そこから地下鉄で中央駅へ向かった。この駅が旧市街に最も近いからである。駅を出ると正面の道を進み、観光案内所を見つけた。そして、そこでホテルの予約を取り、両替も済ませ、トラムに乗ってホテルに向かった。ここまでは、優希が今日したことと全く同じだ。違うことと言えば、ブダペストからプラハに来たことと、ホテルの場所くらいである。

ホテルへ向かうトラムを待つ停留所で、不幸が始まった。彼女は買ったばかりの地図を眺めていた。すると、一人の男が日本語で話しかけてきた。

「コニチワ、ニホンノカタデスカ？」

男は顔全体に笑みを浮かべていた。男は一度日本に行ったことがあり、京都や奈良を訪れたと言う。その時に片言の日本語を覚えたと言った。男はわずかな単語しか知らなかったので、彼女と男は英語でしばらく話をした。

男はブダペストから来たと言った。彼女も、たった今ブダペストからこのプラハに着いたばかりだ。話が少しふくらんだ。ブダペストについて話しているうちに、彼女の待っていたトラムがやってきた。ハンガリー人の男も、彼女のあとについて乗り込んだ。電車の中でも話し続けた。男は人の善さそうな笑顔を絶やさなかった。

彼女が降りた停留所で、男も降りてきた。さすがに、彼女も不安になってきた。男は、プラハのあと、どこへ行くつもりなのかと、彼女に尋ねてきた。彼女はドイツへ行き、友人が留学しているハイデルベルクを訪れたあと、フランクフルト空港から日本に帰る予定だった。そう答えると、男は、

「百マルクか五十マルクの紙幣を持っていませんか？」

と聞いてきた。

「どうしてですか？」

彼女が問い返すと、男は、

「私は二十マルク紙幣をたくさん持っています。でも、これでは靴の底に隠しづらくて困ります」

と言い、二十マルク紙幣の束を上着の内ポケットから出して見せた。これは闇両替の申し出だ。しかしその時の彼女は、それが闇両替だとは気づかなかった。魔がさしていたのだろう。だまされる時というのは、往々にしてこんなものである。

運の悪いことに、彼女はドイツ・マルクを持っていた。百マルク紙幣二枚、五十マルク紙幣六枚の、計五百マルクだった。根が優しい彼女は、

「分かりました。どうせ私は二日後にドイツへ行きますから、替えてあげます」

と笑顔で答えた。すると男は、

「いくら持っていますか？」

と聞いてきた。それに対し彼女は、

「五百マルクです」

と正直に答えた。

彼女たちが立っていた場所の近くには広いグランドがあり、少年たちがサッカーの練習をしていた。ハンガリーの男は、ここでサッカーを見ているからホテルのチェックインを済ませてきてくださいと言った。男の言うことをまるで疑っていなかった彼女は、言う通りにした。彼女にしてみれば、ホテルにまでついてきて欲しくなかったので、その方が好都合だったのである。しかし彼女がホテルへ行っている間に、男は彼女をだます細工をしていた。彼女がドイツ・マルクをいくら持っているか、男が尋ねてきたのは、この細工をするためだったのである。

彼女が戻ってくると、男は、

「ここでは人目につきますから」

と言い、人通りの少ない場所へ彼女を導いた。そして、周囲に誰もいないのを確認して

から彼女にお金を渡し、

「きちんとあるかどうか確かめてください」

と言った。お金は三分の一ほどの大きさにまとめて折り曲げ、ゴム輪できつく留めてあった。彼女はゴム輪をはずして、一枚ずつ数えてみた。五百四十マルク分あった。

「ちょっと多いですよ」

そう言って、彼女は二十マルク紙幣二枚を渡そうとした。すると男は彼女の両手から全部取って、

「手数料ですよ」

と、笑いながら言った。

「邪魔にならないようゴム輪で留めるから、その間に、あなたのお金を出してください」

彼女がバッグの中にある財布からお金を取り出すために目をはずしていた、その数秒の間に、男は用意しておいた別の札束とすり替えていた。ゴム輪で小さくまとめられた時の外観は、さっきのと全く同じだった。しかし彼女が受け取った札束は、一番外側の紙幣だ

けが二十マルクで、残りは一ドル紙幣が小ばかにしたように並んでいた。そのことに彼女が気づいたのは、再び旧市街へ向かうためトラムに乗り、不意に気になって、バッグの中に入っている札束をそっと広げてみた時だった。その時、もちろん、あのハンガリー人詐欺師はいなかった。もう、どうすることもできないのは、明らかなことだった。彼女はもうろうとした意識でバッグのファスナーを閉めた。

彼女は次の停留所で降り、反対方向へ向かうトラムに乗った。一人になりたかったからだ。この町で彼女が一人になれる場所は、さっきチェックインしたばかりのホテルのほかに考えられなかった。その夜、彼女は夕食をとることもなく、ホテルの部屋でずっと泣いていた。自分でも理由が分からなくなるほど、とめどなく涙が流れ続けた。

それでも翌日の今日になり、少し気を取り直して外に出た。せっかくプラハまで来ているのだから、このまま観光しないでドイツへ行ってしまうのは、あまりにもみじめだ。彼女はトラムに乗り込んだ。行き先を確認することもなしに。

旧市街に着き、トラムから降りると、彼女はあてもなく歩き続けた。旧市庁舎の天文時計も、ティーン教会の塔の先端も、彼女の視野には入らなかった。入っても、何の感動もわかなかった。写真を撮ってみたりもしたけれど、どれも暗く写っているだろうということは、現像してみなくても分かることだった。気がついてみると、彼女は電話ボックスの中で受話器を握りしめたまま泣いていた。誰かに電話をかけようとしていたわけではなかったと、彼女は言った。自分でも知らないうちに、そうしていたのだった。優希が彼女を最初に見かけたのは、その時だった。

話し終えると、彼女は黙り込んでしまった。悲しそうにうつむいた。うつむいている時の表情が、頬の傾き加減が、あの人に似ていた。彼女の泣き顔が妙に気になったのは、そのせいだったのか。

「それで、さっき泣いてたんだ」

優希が話しかけると、彼女はうつむいていた顔を上げた。その拍子に光を受けた瞳がかすかに輝いた。

「ううん、それもあるんだけど、それだけじゃないの」

「えっ、他にも嫌なことがあったの？」

「嫌なことって言うか、悲しいこと。私、別れたばかりなの。それで旅行に来たのに、こんなことになっちゃって…。本当のこと言うと、さっき電話ボックスに入ったのは、彼の声を聞きたかったからなの。でも、できなかった」

「そうだったんだ。ぼく、ずっと気になってたんだ。泣いてるとこ、昔、とっても好きだった人に似てるから」

「・・・・・・・・・・・・」

二人はしばらく何も言わなかった。このままずっと沈黙が続くのかと思われるほどだった。優希は胸の高鳴るのを感じていた。うつむいている彼女の黒い髪を見つめていた。微風に吹かれて、かすかに揺れていた。

「一つだけ、いいこと教えてあげる」

優希は小さく微笑んで見せた。彼女は再び顔を上げ、優希の目を見つめた。
「寂しい時とか、つらい時とか、悲しい時には、日記をつけてみるといいよ。そうすると
ね、知らないうちに自分で自分のこと励ましてるんだ。こんなの、ぼくだけかもしれない
けど、少しずつ元気が出てくるんだ」
「ほんとに？」
「うん。それから、前に書いた日記を読み返してみるのもいいかもしれないね。ぼくなん
て、励ましてくれる人がいないから、いつも自分で自分を励ましてばかりだよ。もてない
男は寂しいよ」
優希は自分の言葉におかしくなって笑った。彼女も面白そうに笑った。花のような笑顔
だった。清潔な微笑だった。
「それに、つらい時には、いい詩が書けるよ」
「詩？」
「うん。いい詩って言っても、ぼくが書いた詩だから、大したことないんだけどね。文学

的には、ちっとも評価されないような、稚拙で青くさい詩だよ」

「どんなの？」

「聞きたい？」

「うん」

「でも、ちょっと恥ずかしいなあ」

「ここまで話したら、聞かせてくれないと」

彼女の少しはにかんだような笑顔は実に頼りなく、その頼りなさが、何よりも優希を惹きつけるのだった。

「わかった。それじゃあ、お気に入りのやつを一つ。これは、ぼくが落ち込んだ時、いつも独り言のようにつぶやいてる詩なんだけど・・・」

優希は彼女から視線をはずし、欄干に両手を載せた。彼女も優希に合わせるように、プラハの街へ視線を落とした。

「タイトルは、『寂しい気持ち』。それじゃあ、いくよ。てれくさいから、こっち見ないでね」

『寂しい気持ち』

心の痛みを少しでも和らげたくて
身体を痛めつけてしまうこともある
途方もない量の筋トレをこなしたり
みぞれの降る寒い冬の夜に
あてもなくただ一人さまよい歩いたり

ひとりぼっちの寂しさを一瞬でも忘れたくて
誘われるように街へ行ってしまうこともある
用もないのにデパートへ入ったり
土曜日のにぎやかな市場で
八百屋の大声に耳を傾けてみたり

あの人の優しい声を聞きたくて
電話機を見つめてしまうこともある
アドレス帳を広げてみたり
聞こえるはずもないのに
受話器を耳に近づけてみたり

抱えきれないほどの苦しみも
誰にも打ち明けられない胸の痛みも
もうすぐ昨日の記憶になる
乗り越えてきたぶんだけ
まだ見ぬ君を守る強さになる

しばらく沈黙が続いた。優希は、彼女が何か言ってくれるものと思っていたから、彼女の反応を待っていた。彼女は何も言わなかった。優希はプラハの茶色い街並みから、彼女の方へ視線を移した。

彼女は泣いていた。声を出して泣くのを必死にこらえているようだった。両方の手のひらで顔を覆っていた。

「ごめん、変な詩、聞かせちゃって。なんか余計に落ち込ませてしまったね」

優希はバッグの中から、まだ使っていないハンカチを取り出し、彼女に差し出した。手のひらをはずしてあらわになった彼女の小さな顔は、見る見るうちにくずれていった。ほんのりと赤い頬を濡らす涙が、雨のあと、木の葉から落ちる水滴のように、透明な光を放っていた。

「よかったら、使って。汚れてないから」

彼女は泣きじゃくり始めた。どうしてこんなにも泣くのか、優希には分からなかった。自分も一緒に泣きたい気持ちになってきた。優希は彼女の手にハンカチを握らせた。彼女はしばらくためらったあと、渡されたハンカチで涙をふいた。その様子を優希は黙って見つめていた。

「ありがとう」

涙をふき終えたあと、彼女は小さくつぶやいた。彼女の両目は薄赤くなっていた。かすかに微笑んだ、その白い顔に、愁いが浮かんでいた。優希は彼女が差し出したハンカチを受け取った。冷たく湿っていた。

「ほんとに、ごめんね」

もう一度、優希は謝った。

「ううん、違うの。嬉しかったの。泣いたりした私の方が謝らないと」

彼女はそう言って、にっこりと微笑んだ。さっき見せた時よりも、悲しみの少ない笑みだった。まだ少し湿っている頬が、柔らかく丸みを帯びていた。

「私も日記、書いてみる。急がないと、デパートがしまっちゃうよ」

彼女は駆けていった。最後に見せたその笑顔に、口元から小さな八重歯が顔をのぞかせていた。

二人は、お互いに名前を教え合うこともなく別れた。彼女がいなくなり一人になった優希は、夕暮れ色に染まり始めた西の空を見上げた。そして、『寂しい気持ち』を書いた翌朝に作った詩を、小さく口に出していた。これ以上ないほど落ち込んだあと、少しずつ立ち直ろうとしている頃の自分を思い出していた。

旅の終わりは、もう、すぐそこまで来ていた。

『元気の神様』

早目にきり上げて帰ってくればいい
誰にもこぼせなかったグチを
滝のように訴えるぼくに
母は一言だけつぶやいた
優しい言葉が逆効果になることもある

内にこもってばかりいてはだめだ
くじけてしまいそうな自分を
どんなに精一杯励ましてみても
鏡の前に立てば
泣きそうな顔をしているぼくが映る

生きていくことはどうしてこんなにもつらいのか
心の中で叫ぶこの問いに
答えてくれる人がぼくにはいない
あとどれくらい待てば
元気の神様は微笑んでくれるのか

ぼくにはぼくの生き方がある
いくら必死に強がってみても
細く小さなロウソクに
大きな炎は燃え上がらない
明るい笑顔は浮かばない

早く元気を出そう
ぼくは決してひとりぼっちではない

元気の神様

2000年12月1日　初版第1刷発行

著　者　田中優希
発行者　瓜谷綱延
発行所　株式会社文芸社
〒112-0004　東京都文京区後楽2-23-12
電話　03-3814-1177（代表）
03-3814-2455（営業）
振替　00190-8-728265
印刷所　株式会社エーヴィスシステムズ

乱丁・落丁本はお取り替え致します。
ISBN4-8355-1091-7 C0095